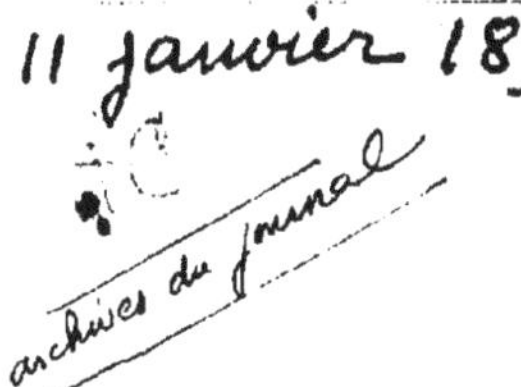

CATALOGUE
D'ESTAMPES
ANCIENNES

PRINCIPALEMENT DE

L'ÉCOLE FRANÇAISE DU XVIIIE SIÈCLE

QUELQUES LIVRES

ALBUM DE DESSINS

Par GÉRICAULT

ET

ENVIRON 10.000 GRAVURES EN LOTS

DONT LA VENTE AUX ENCHÈRES PUBLIQUES AURA LIEU

HOTEL DES COMMISSAIRES-PRISEURS, RUE DROUOT, 9, SALLE N° 10

Les Jeudi 11, Vendredi 12 et Samedi 13 Janvier 1894

à deux heures précises.

Me MAURICE DELESTRE	M. JULES BOUILLON
COMMISSAIRE-PRISEUR	Marchand d'estampes de la Biblioth. nationale
rue Drouot, 27.	rue des Saints-Pères, 3.

PARIS

IMPRIMERIE D. DUMOULIN ET Cie

5 RUE DES GRANDS-AUGUSTINS,

CATALOGUE
D'ESTAMPES
ANCIENNES

PRINCIPALEMENT DE

L'ÉCOLE FRANÇAISE DU XVIIIE SIÈCLE

QUELQUES LIVRES

ALBUM DE DESSINS

Par GÉRICAULT

ET

ENVIRON 10.000 GRAVURES EN LOTS

DONT LA VENTE AUX ENCHÈRES PUBLIQUES AURA LIEU

HOTEL DES COMMISSAIRES-PRISEURS, RUE DROUOT, 9, SALLE N° 1

Les Jeudi 11, Vendredi 12 et Samedi 13 Janvier 1894

à deux heures précises.

Par le ministère de Me **MAURICE DELESTRE**, Commissaire-Priseur,
Rue Drouot, 27.

Assisté de **M. JULES BOUILLON**, marchand d'estampes de la Bibliothèque nationale, rue des Saints-Pères, 3.

PARIS, 1894

112

CONDITIONS DE LA VENTE

Elle sera faite au comptant.

Les acquéreurs payeront CINQ POUR CENT en sus des enchères, applicables aux frais de vente.

M. JULES BOUILLON se réserve la faculté de réunir ou de diviser les lots.

ORDRE DES VACATIONS

Jeudi	11 Janvier	....	Nos 1 à 293
Vendredi	12 —	....	294 à 590
Samedi	13 —	....	591 à la fin.
	—	....	Estampes en lots non cataloguées.

DÉSIGNATION

ESTAMPES

ADRESSES, CARTES DE VISITE, EX-LIBRIS, ETC.

1 — *Aubril*, coiffeur au Palais-Royal, — *Aubron*, arquebusier, à Nantes, — *Baltard*, architecte, dessinateur et graveur. Trois pièces. Très belles épreuves.

2 — *Baltard*, architecte, dessinateur et graveur, — *Batton*, grand assortiment de fleurs fines. Paris, — *Baudouin*, hôtel Choiseul, à Paris. — *Jean Bessin*, marchand confiseur, à Rouen, — *Bonichon* et Cie, imprimeurs en taille-douce, à Paris, —*Briansraux*, tient un dépôt et manufacture de tabac, à Lille. Six pièces. Très belles épreuves.

3 — *H. Briard*, parfumeur, Paris, — *Cahier*, orfèvre du Roi, à Paris, — *Chaire*, peintre-doreur et marchand d'estampes, à Paris, — *Victor* et *Joseph Cheaulier* et Cie, fabricants de savons, à Marseille, par Choffart, — *Cordiez*, dessine et grave l'architecture civile, à Paris. Cinq pièces. Très belles épreuves.

4 — *Victor* et *Joseph Cheaulier* et Cie, fabricants de savons, à Marseille, par P.-P. Choffart, — *Coupé*, marchand crémier, à Paris, — Maison de *B.-M. Dabot*, gravé par Simonet, d'après Maréchal. Trois épreuves dont une à l'état d'eau-forte. Cinq pièces. Très belles épreuves.

5 — *Darbo*, marchand tabletier, à Paris, — *Deseine*, marchand chapelier, à Paris, — *Dubois*, graveur et imprimeur à Paris, — *Egger* aîné, tapissier, à Paris, — *Gaillardy*, fabricant de sabres d'infanterie de troupes, à Paris, — *Gallet*, tient magasin de fouets d'enfants, — *Gaitte*, couturier à Paris, — *Guide*, marchand chapelier,

ADRESSES, CARTES DE VISITE, EX-LIBRIS, ETC.

à Cambrai, — *Gandais*, orfèvre plaqueur du Roi, à Paris. Neuf pièces. Très belles épreuves.

6 — *Gauché*, entrepreneur de jardin, à Paris, — Manufacture de porcelaine de *François-Marie Honoré*, à Paris, — Librairie *Ladvocat*, au Palais-Royal, — *Lagardette*, horloger ordinaire de S. A. S. Mgr le duc de Chartres, — *Laguarigue*, magasin de faïences, porcelaines, etc. à Paris, — *Langlois*, marchand orfèvre, à Paris. Six pièces. Très belles épreuves.

7 — La Vve *Larbalestrier*, marchande de dorures, etc., à Paris — *Laviolette* frères, négociants, à Courtray, — Vve *Lebrun* et fils, à Paris, — *H. Lesage*, pour les pâtés de jambon, de volailles, etc., à Paris, — *Macret*, graveur, à Paris, — Le sieur *Magny*, ingénieur pour l'horlogerie, d'après Eisen. Six pièces. Très belles épreuves.

8 — *Merlin*, graveur sur tous métaux, d'après Prud'hon, par Roger. Très belle épreuve.

9 — *Meissonnier*, coiffeur, à Paris, — *Mortet*, marchand orfèvre, joallier, bijoutier, à Bayonne, — *Oblin*, graveur du roi, à Paris, — *Pelletier*, fabricant de chocolat, à Paris, — *Piéri*, peintre et doreur du roi, à Paris, — Les frères *Prallet*, magasins de draps et nouveautés, à Paris, — *Prarond-Dupré*, tient magasin de bas de soie, fil, coton, etc., à Paris. Sept pièces. Très belles épreuves.

10 — Jacques-François *Quillau*, libraire, par Augustin de Saint-Aubin. Deux épreuves, dont une sans inscription.

11 — Sir Joshua *Reynolds*, par Bartolozzi. Très belle épreuve. Rare.

12 — *Sergent*, maître imprimeur en taille douce, à Paris, — *Theuveny*, apothicaire, à Châlons en Champagne. Deux pièces. Très belles épreuves.

ADRESSES, CARTES DE VISITE, EX-LIBRIS, ETC.

13 — Adresses, cartes de visite, invitations, etc. Quatorze pièces.

14 — Cartes de visite, ex-libris et encadrements avant la lettre. Billets de bals et soirées. Vingt-huit pièces. Très belles épreuves. Rares.

15 — En-têtes de pages, titres de livres, etc. Douze pièces, dont plusieurs avant la lettre.

16 — Encadrements pour adresses, cartes, portraits, etc. Douze pièces avant la lettre.

17 — Billets de la banque de Law et assignats. Vingt-sept pièces.

18 — Affiche de théâtre, — Congés militaires, — Billet de décès, — Affiche de vente publique, 1814, — Costumes, etc. Douze pièces. Rares.

ALDEGREVER (d'après)

19 — *Aldegrever* (Henri), in-8. Belle épreuve, marge.

ALIX (P.-M.)

20 — *Louis XVIII*, roi de France et de Navarre, d'après Pasquier, in-fol. en couleur. Très belle épreuve, grande marge.

21 — Rousseau (J.-J.), d'après Garneray, in-fol. en couleur Très belle épreuve.

22 — Costumes Hambourgeois. Le Boucher, — Le Patissier Deux pièces faisant pendants, gravées en couleur d'après Lespinay. Très belles épreuves avant la lettre.

ALKEN (H.)

23 — The butchers boy. — The Bakers boy, 1826. Deux pièces en couleur faisant pendants. Belles épreuves avec marges.

ALTDORFER (A.)

24 — La Décollation de saint Jean-Baptiste (B. 52). Belle épreuve.

AMAND-DURAND

25 — Eaux-fortes et gravures des maîtres anciens, tirées des collections les plus célèbres. Vingt-neuf pièces.

ANONYMES

26 — Vue prise de la rue de Grenelle-Saint-Germain, n° 18. Gouache.

27 — Accident funeste arrivé à une vivandière dans le pays de Hanovre, pendant le passage des troupes françaises. Lithographie coloriée. Belle épreuve avec marge.

28 — La Vraie queue du diable. Pièce en largeur. Belle épreuve.

29 — Arrivée de Napoléon dans l'île d'Elbe. Caricature en couleur.

30 — Convoi de très haut et très puissant seigneur des abus mort sous le règne de Louis XVI, le 27 avril 1789. Pièce in-fol. en largeur, gouachée.

AUBERT (d'après L.)

31 — La Revendeuse à la toilette. — Le Billet doux. Deux pièces faisant pendants, gravées par Duflos. Très belles épreuves.

AUBRY (d'après E.)

32 — Les Adieux de la Nourrice, par R. De Launay. Belle épreuve.

33 — La Bergère des Alpes, par J.-J. Le Veau. Belle épreuve, marge.

34 — L'Heureuse nouvelle, par J.-B. Simonet. Superbe épreuve avant la lettre, grande marge.

AUBRY ET **BOREL** (d'après)

35 — Le Mariage conclu, — Le Mariage rompu. Deux pièces faisant pendants, gravées par R. De Launay. Très belles épreuves.

AUBRIS (d'après)

36 — Bazile et Laurette. — Bazile et Luzy. Deux pièces faisant pendants, gravées en couleur par Bonnet. Très belles épreuves.

BALKO (d'après)

37 — Le Précepteur inutile. — L'Agréable lecture. Deux pièces faisant pendants. Belles épreuves.

BARTOLOZZI (F.)

38 — Les deux Sœurs, d'après Lady Beauclerck, en couleurs. Belle épreuve.

39 — The affectionate Brothers, d'après Reynolds. Belle épreuve.

40 — Catherine II, empress of Russia, d'après Benedetti, in-fol. en pied. Belle épreuve.

BAUDOUIN (d'après P.-A.)

41 — Les Amants surpris. — Les Amours champêtres. Deux pièces faisant pendants, gravées par P.-P. Choffard (3 et 7). Très belles épreuves.

42 — La même composition, gravée en contrepartie, dans une bordure ornementée en haut, sans nom de graveur. Très belle épreuve. Rare.

43 — Annette et Lubin, par N. Ponce (9). Très belle épreuve.

44 — Le Carquois épuisé, par N. De Launay (11). Très belle épreuve, sans marge.

45 — Le Catéchisme, — Le Confessionnal. Deux pièces faisant pendants, gravées par P.-E. Moitte. Très belles épreuves.

BAUDOUIN (d'après P.-A.)

46 — Les Cerises, par N. Ponce (13). Belle épreuve.

47 — Le Chemin de la fortune, par Voyez major (14). Superbe épreuve, marge.

48 — Le Coucher de la mariée, gravé à l'eau-forte, par J.-M. Moreau et terminé au burin par J.-B. Simonet (16). Superbe épreuve.

49 — La même estampe. Très belle épreuve.

50 — Le Danger du tête à tête, par Simonet (18). Très belle épreuve, marge.

51 — L'Enlèvement nocturne, par Ponce (20). Très belle épreuve.

52 — La même estampe. Superbe épreuve avec marge.

53 — L'Epouse indiscrète, par N. de Launay (21). Très belle épreuve.

54 — La même estampe. Très belle épreuve.

55 — Le Fruit de l'amour secret, par Voyez junior (23). Très belle épreuve.

56 — Le Fruit de l'amour secret, par Voyez junior (23). Très belle épreuve.

57 — *Jusques dans la moindre chose*, par L.-J. Masquelier (27). Superbe épreuve, marge.

58 — Marchez tout doux, parlez tout bas, par P.-P. Choffard (30). Très belle épreuve.

59 — Le Matin, — Le Soir. Deux pièces gravées par De Ghendt. Belles épreuves, sans marges.

60 — Le Modèle honnête, gravé à l'eau-forte par J. M. Moreau le Jeune, et terminé au burin par J. Simonet (34). Très belle épreuve.

BAUDOUIN (d'après P.-A.)

61 — Rose et Colas, par Simonet (42). Très belle et rare épreuve avant la dédicace.

62 — Rose et Colas, par Simonet (42). Bonne épreuve, sans marge.

63 — Sa taille est ravissante, par Le Beau (43). Très belle épreuve.

64 — La Soirée des Tuileries, par Simonet (47). Très belle épreuve, grande marge.

65 — La Soirée des Tuileries, par Simonet. Belle épreuve, sans marge.

BECKWITH

66 — The Poacher, d'après Ch. Hancock. Belle épreuve.

BEGA (C.)

67 — Le Joueur de violon. Dessin au crayon noir.

68 — L'œuvre de cet artiste, en trente-sept pièces gravées à l'eau-forte. Belles épreuves, dont plusieurs en premier état.

BEISSON (E.)

69 — *Marat*, d'après Boze. In-fol. Superbe épreuve avant la lettre, toute marge.

BENARD ET **CANOT** (d'après)

70 — Le Bénédicité, — La Batteuse de beurre, — Le Souhait de la bonne année au grand papa, — Le Gâteau des rois. Quatre pièces gravées par Duflos et Le Bas. Très belles épreuves.

BILCOQ ET **CHARPENTIER** (d'après)

71 — Le Retour de la consultation, — L'Emplette inutile. Deux pièces gravées par Le Veau et N. de Launay. Belles épreuves.

BINET (d'après)

72 — La Solitude agréable, — La Nourrice élégante. Deux pièces gravées par Dugast. Belles épreuves.

BLAISOT ET **CHASSELAT** (d'après)

73 — Le Retour de la laitière, — Le Départ pour le marché, — La Petite Savoyarde, — Le Berger complaisant. Suite de quatre pièces en couleur, gravées par Duthé et Bonnefoy. Très belles épreuves.

BOILLY (d'après L.)

74 — Physionomies d'artistes, par A. Clément. Très belle épreuve avant la lettre.

BOISSEVIN (J.)

75 — Aspect méridional de la ville et citadelle d'Anvers. Très belle épreuve.

BOIZOT (Marie-Louise)

76 — *Artois* (Charles-Philippe, comte d'), frère du Roy, — *Artois* (Marie-Thérèse, comtesse d'). Deux portraits in-fol. faisant pendants. Superbes épreuves, toutes marges.

77 — Madame Elisabeth, sœur du roy. In-fol. Superbe épreuve, toute marge.

78 — Provence (Marie-Josèphe-Louise, comtesse de), Madame. In-fol. Superbe épreuve, toute marge.

BOL (Hans)

79 — Jeune femme portant des fruits. Pièce gravée à l'eau-forte. Très belle épreuve, marge.

BOL (F.)

80 — Portrait d'officier (B., 11), — Portrait de femme dans un ovale (B., 15). Deux pièces. Très belles épreuves.

81 — La Femme à la poire (B., 14). Très belle épreuve.

BOLOMEY (d'après)

82 — Vignettes, titres et figures, pour bibliothèque de campagne. Vingt-quatre pièces en tirage hors texte. Très belles épreuves, toutes marges.

BONNET (L.)

83 — Marie-Josèphe-Louise de Savoie, Madame, et les dames d'honneur en grand costume de cour. In-8. Très belle épreuve. Rare.

BONNEVILLE (à Paris, chez)

84 — Le Cabinet de Saint-James Traiteur. Pièce coloriée. Rare.

BOREL (d'après A.)

85 — Le voilà fait, par Huot. Très belle épreuve avant la dédicace.

BOREL, LE BARBIER ET QUEVERDO (d'après)

86 — Vous avez la clef... mais il a trouvé la serrure, — Retour du Milicien, — La Musique. Trois pièces gravées par Anselin, Duflos et Dambrun. Belles épreuves.

BOSIO (d'après D.)

87 — Les Invisibles, en couleur. Très belle épreuve avant la lettre.

BOSSE (ABRAHAM)

88 — *Houel* (Jacques), in-4. Belle épreuve.

BOUCHER (F.)

89 — La Jeune Chinoise à la pêche. Dessin au crayon noir.

BOUCHER (d'après F.)

90 — L'Amour prie Vénus de lui rendre ses armes, par L. Bonnet, aux trois crayons. Très belle épreuve, marge.

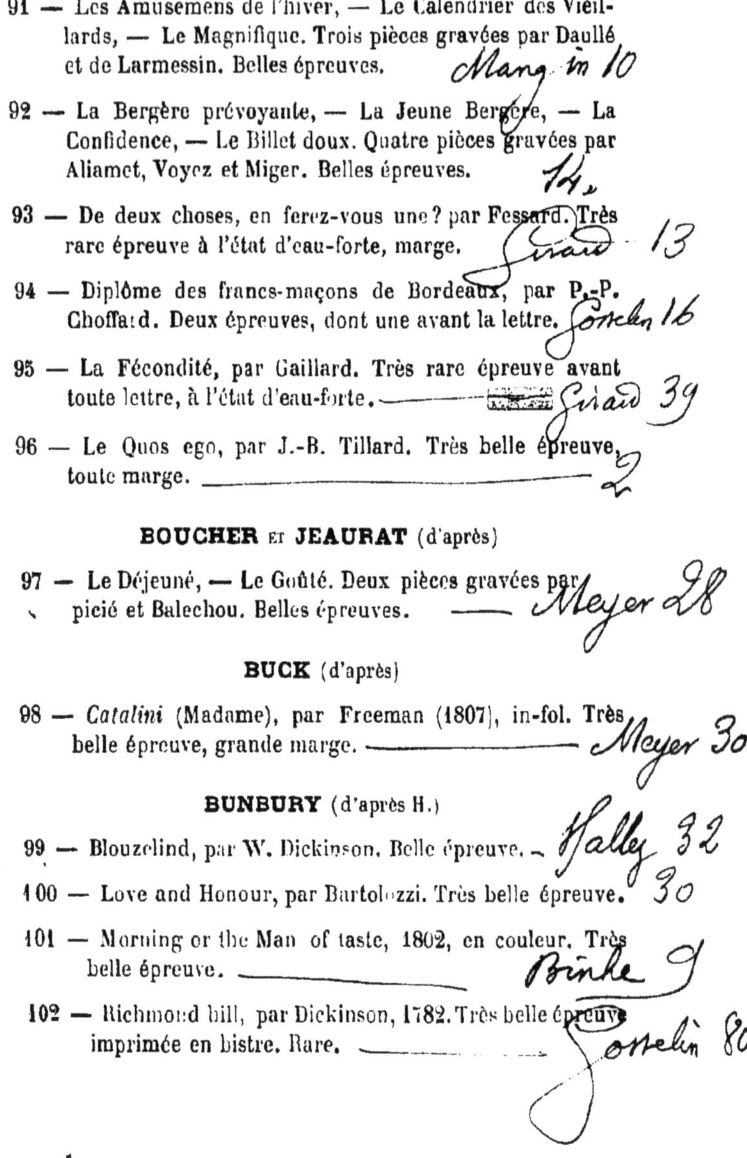

BOUCHER (d'après F.)

91 — Les Amusemens de l'hiver, — Le Calendrier des Vieillards, — Le Magnifique. Trois pièces gravées par Daullé et de Larmessin. Belles épreuves.

92 — La Bergère prévoyante, — La Jeune Bergère, — La Confidence, — Le Billet doux. Quatre pièces gravées par Aliamet, Voyez et Miger. Belles épreuves.

93 — De deux choses, en ferez-vous une? par Fessard. Très rare épreuve à l'état d'eau-forte, marge.

94 — Diplôme des francs-maçons de Bordeaux, par P.-P. Choffard. Deux épreuves, dont une avant la lettre.

95 — La Fécondité, par Gaillard. Très rare épreuve avant toute lettre, à l'état d'eau-forte.

96 — Le Quos ego, par J.-B. Tillard. Très belle épreuve, toute marge.

BOUCHER ET JEAURAT (d'après)

97 — Le Déjeuné, — Le Goûté. Deux pièces gravées par picié et Balechou. Belles épreuves.

BUCK (d'après)

98 — *Catalini* (Madame), par Freeman (1807), in-fol. Très belle épreuve, grande marge.

BUNBURY (d'après H.)

99 — Blouzelind, par W. Dickinson. Belle épreuve.

100 — Love and Honour, par Bartolozzi. Très belle épreuve.

101 — Morning or the Man of taste, 1802, en couleur. Très belle épreuve.

102 — Richmond hill, par Dickinson, 1782. Très belle épreuve imprimée en bistre. Rare.

CADOLLE

103 — Vue panoramique prise de l'arc de triomphe de l'Etoile. Lithographie sur chine.

CALAMATTA (L.)

104 — Françoise de Rimini, d'après Ary Scheffer. Belle épreuve avant la lettre, sur chine.

105 — Vœu de Louis XIII, d'après Ingres. Belle épreuve sur chine.

CALLOT (J.)

106 — Le Massacre des Innocents (M. 5), — La Conversion de saint Paul. Deux pièces.

107 — L'Eventail (M. 617), copie, — La Carrière, ou la rue Neuve de Nancy (621), épreuve du premier état, doublée, — La Chasse (711). Trois pièces.

108 — Les deux grandes Vues de Paris (713-714). Très belles épreuves avant l'adresse, de Silvestre.

CARESME (d'après)

109 — Les Délices du bain, — Les Plaisirs du bain. Deux pièces faisant pendants, gravées en couleur par Jubier. Très belles épreuves.

CARESME ET EISEN (d'après)

110 — Le Philosophe charitable, — La Dame charitable. Deux pièces gravées par Voyez l'aîné.

CARÊME, GRIMOU ET SANTERRE (d'après)

111 — L'Espagnollette, — L'Espagnol, — *Pourquoi le tendre amour*..., etc. Quatre pièces gravées par Flipart, Chasteau et de Peilly. Belles épreuves.

CARICATURES

112 — Le Suprême bon ton. Les numéros 1, 2, 3, 6, 7, 8, 10, 11, 12, 13, 15, 18, 19, 20, 21, 22, 23, 24 et 29 de la suite. Dix-neuf pièces. Très belles épreuves en couleur. Paulus 97

113 — La Vogue des montagnes russes, — Vélocipèdes lancés dans le monde, — Concert d'amateurs, — Mariage de M. Richelet avec Mlle Vendue, — La Consultation, — Anglais à la promenade, — Triomphe de la petite vérole, — La Vaccine en voyage, etc., etc. Quinze pièces. Très belles épreuves. Salvator 33

114 — Bobèche sur la parade du boulevard du Temple, — Départ des habitués de la promenade de Longchamp, pour Longchamp, — La Tireuse de cartes, — Le Morceau d'ensemble, ou le Désespoir du compositeur. Quatre pièces coloriées. Rares. Salvator 28

115 — Musée grotesque. Deux pièces coloriées. Salvator 3

116 — Caricatures parisiennes. Le Goût du jour, numéros 2, 3, 4, 5, 6 et 39 de la suite. Six pièces coloriées. Rares. Salvator 29

117 — Caricatures sur Cambacérès. L'Accord parfait, — La Pêche du poisson d'avril, — Pompe funèbre de ma tante Urlurette, — Le Coucher, — Ma tante Urlurette, — Pair ou non, — Le Jeu du cheval fondu, — Le Cheval fondu, — Le Marchand de ridicules, — La Petite Loge ou l'Archifou, — Le Départ du Petit Caporal, — J'aime mieux un bon Louis que tous vos Napoléons. Douze pièces coloriées. Bouillon 20

118 — Le Modèle de reconnaissance au Congrès de Vienne, — Le Marché conclu ou la Capitulation, — Talma donnant une leçon de danse et de dignité impériale, — Il est un Dieu vengeur. Quatre pièces caricatures sur Talleyrand et Napoléon, 1804-1814, coloriées. Bouillon 10

119 — Très belle réunion de caricatures publiées en 1815, sur l'empereur Napoléon et le roi Louis XVIII. Quarante-deux pièces coloriées. Roblin 140.

CARICATURES

120 — Le Ministère blouzé, — Gaspard l'Avisé débitant ses fagots, 1819. Deux pièces coloriées.

121 — Caricatures coloriées de l'album la Silhouette, — Caricatures sur Charles X. Dix pièces.

122 — Soixante-quatre pièces en noir et coloriées et vingt-trois couvertures, texte du journal *La Caricature*, fondé par Philippon.

CARMONTELLE (d'après L.-C. DE)

123 — L'Amoureux de quinze ans, par Crépy. Très belle épreuve.

CASA (NICOLAS DE LA)

124 — *Médicis* (Cosme de), d'après B. Bandinelli, in-fol. Belle épreuve.

CATHELIN (L.-J.)

125 — *Molière* (J.-B. Poquelin de). Portrait in-8 gravé pour les œuvres de Molière, édition de Bret. Superbe et très rare épreuve avant toute lettre, sans marge.

CHAPUY (J.-B.)

126 — Nymphes au bain, — Les Rendez-vous d'amour. Deux pièces faisant pendants, d'après Poelenburg, en couleur. Très belles épreuves, encadrées.

CHARDIN (d'après J.-B.-S.)

127 — Les Amusements de la vie privée, par Surugue (E. B., 1), — La Pourvoïeuse (43, H.), — Le Souffleur, par Lépicié (48). Trois pièces. Belles épreuves.

128 — L'Antiquaire, — Le Peintre. Deux pièces faisant pendants, gravées par Surugue (E. B., 2 et 12). Très belles épreuves.

129 — Les mêmes estampes. Très belles épreuves.

CHARDIN (d'après J.-B.-S.)

130 — Le Bénédicité, par Lépicié (E. B., 5 a), — La Bonne mère, par Weis, — Les Amusements de la vie privée, par L. Surugue (E. B., 1), — L'Œconome, par Le Bas (39), — Dame prenant son thé, par Fillœul (13). — Cinq pièces. Belles épreuves. — Salvator 15

131 — Le Bénédicité, par Renée Elizabeth Marlié Lepicié (5, B.). Superbe épreuve, marge. — Bouillon 19

132 — La Fontaine, — La Blanchisseuse. Deux pièces faisant pendants gravées par C.-N. Cochin (6 et 21). Belles épreuves. — Salvator 6

133 — La Blanchisseuse, — La Fontaine. Deux pièces faisant pendants, gravées par Cochin (6 et 21). Belles épreuves. 5

134 — La Bonne éducation, — Étude du dessein. Deux pièces faisant pendants, gravées par Le Bas (7 et 18). Très belles épreuves. — Salvator 29

135 — La Bonne éducation, — Étude du desseln. Deux pièces faisant pendants, gravées par Le Bas (7 et 18). Très belles épreuves, marges. — Girard 21

136 — Les Bouteilles de savon, par Fillœul (8). Très rare épreuve avant toute lettre. — Bouillon 85

137 — Les Osselets, par Fillœul (39 *bis*). Belle épreuve — Gosselin 4.

138 — Jean-Baptiste-Siméon *Chardin*, par Chevillet (9). Très belle épreuve, marge. — Bouillon 10

139 — Le Château de cartes, par Aveline (10). Belle épreuve.

140 — Le Château de cartes, par Lépicié (11). Très belle épreuve, marge. } Salvator 5

141 — Le Château de cartes, — Le Tôton. Deux pièces faisant pendants, gravées par Lépicié (11 et 50). Belles épreuves — Gosselin 18

142 — Dame cachetant une lettre, par E. Fessard (12). Superbe épreuve avec la première adresse, celle de Fessard. Très rare. — Gosselin 80.

CHARDIN (d'après J.-B.-S.)

143 — Dame prenant son thé, par Fillœul (13). Très belle épreuve.

144 — Le Dessinateur, — L'Ouvrière en tapisserie. Deux pièces faisant pendants, gravées par Flipart (14 et 40). Très belles épreuves.

145 — Le Dessinateur, — L'Ouvrière en tapisserie. Deux pièces faisant pendants, gravées par Flipart (14 et 40). Belles épreuves.

146 — Le Dessinateur (14), gravé par Cécile Magimel sous le titre de : *Le Principe des arts*. Très belle épreuve. Rare.

147 — L'Ecureuse, — Le Garçon cabaretier. Deux pièces faisant pendants, gravées par C. N. Cochin (16 et 22). Belles épreuves.

148 — L'Ecureuse, — Le Garçon cabaretier. Deux pièces par Cochin (16 et 22). Belles épreuves, la seconde sans marge.

149 — Étude du dessin, par P. Le Bas (E. B., 18). Superbe épreuve, grande marge.

150 — Le Faiseur de châteaux de cartes, par Fillœul (20). Epreuve de second tirage, — La même composition gravée par Marcenay de Ghuy. Epreuve avant la lettre. Deux pièces. Belles épreuves.

151 — La Gouvernante (24 a.), — La Mère laborieuse (35 a.). Deux pièces gravées par Lépicié. Belles épreuves.

152 — La Gouvernante, par Lépicié, 1739 (24). Superbe épreuve, grande marge.

153 — L'Inclination de l'âge, par Surugue (25), — la Petite fille aux cerises, par C. N. Cochin (43). Deux pièces. Très belles épreuves.

CHARDIN (d'après J.-B.-S.)

154 — L'Aveugle, — L'Instant de la méditation, — La Maîtresse d'école. Trois pièces gravées par Surugue et Lépicié (4-26 et 34). Belles épreuves. Salvator 12.

155 — L'Instant de la méditation, par L. Surugue, 1747 (26), — La Maîtresse d'école, par Lépicié (34). Deux pièces. Belles épreuves. 11.

156 — Le Jeu de l'oye, par P. L. Surugue (27). Superbe épreuve avec marge. Bouillon 101

157 — Jeune fille à la raquette, par Lépicié (29), — L'Inclination de l'âge, par Surugue (25). Deux pièces. Belles épreuves. 5,50

158 — Jeune fille à la raquette, par Lépicié, 1742 (29), — Le Jeune soldat, par C. N. Cochin (30), — Les Osselets, par Fillœul (39 *bis*). Trois pièces. Très belles épreuves. Salvator 7

159 — Le Jeune soldat, — La Petite fille aux cerises. Deux pièces faisant pendants, gravées par C. N. Cochin (30 et 43). Très belles épreuves. Gosselin 15.

160 — La Mère laborieuse, par Lépicié, 1740 (35). Très belle épreuve.

161 — Nature morte, — Le Chaudron, lithographié par Soulange Teissier (37). } 3"

162 — Le Négligé ou toilette du matin, par Le Bas (38), — La Ménagère, par P. Dupin. Deux pièces. Belles épreuves. 4,50

163 — L'Œconome, par J.-Ph. Le Bas (39). Superbe épreuve avec marge. Bouillon 22

164 — La Pourvoieuse (E. B., 45, h.), — La Ratisseuse, par Lépicié (46, a.). Deux pièces. Très belles épreuves. Salvator 9

165 — La Ratisseuse, par Lépicié, 1742 (46). Superbe épreuve, marge. 16"

CHARDIN (d'après J.-B.-S.)

166 — La même composition, sans noms d'artistes, ni adresse. Superbe épreuve, toute marge.

167 — La Serinette, par L. Cars (47). Belle épreuve.

168 — La Serinette, par L. Cars (47). Très belle épreuve.

169 — Le Souffleur, par Lépicié (48). Très belle épreuve.

170 — Le Toton, par Lépicié, 1742 (50). Superbe épreuve du premier état, avec marge.

171 — Les Tours de cartes, par P.-L. Surugue (51). Très belle épreuve.

172 — Les Tours de cartes, par P.-L. Surugue, 1744 (51). Superbe épreuve, grande marge.

173 — La Ratisseuse, — La Récureuse, — L'Enfant au tambour. Trois pièces.

174 — La Bonne mère, par Charpentier (E.-B. 1, B. des pièces attribuées), — La Ménagère, par F. Dupin (6), — Le Pardon, par Dupin (J.-B.). Trois pièces. Belles épreuves.

175 — Le Pardon, — L'Enfant gâté, — La Souricière. Trois pièces gravées par Dupin et Charpentier. Belles épreuves.

CHARDIN, COCHIN ET BOUCHER (d'après)

176 — Le Château de cartes. Trois pièces gravées par Aveline, Dupuis et Liotard. Belles épreuves.

CHASSES ET COURSES

177 — **Alken** (H.). Going to Cover, — Flying a difficulty, — Going down a difficulty, — Going over a difficulty, — Going through a difficulty, — Hop ing a difficulty. Suite de six pièces coloriées.

CHASSES ET COURSES

178 — **Alken** (H.). Newmarket races. Deux pièces en couleur faisant pendants. Très belles épreuves.

179 — **Anonyme.** The Earth stopper, — The Sportsman. Deux pièces faisant pendants, en couleur.

180 — **Anonyme.** To Melton Mowbray, — From Melton Mowbray. Deux pièces faisant pendants, en couleur.

181 — **Clifton-Thompson.** Panoramic View of British Horse-Racing. The Race for the St-Leger stakes of 1812, on Doncaster Course, en couleur.

182 — **Dubourg.** Mail coach, d'après J.-L.-A., en couleur. Très belle épreuve.

183 — **Hunt** (Ch.). Full cry, — The Meet. Deux pièces en couleur faisant pendants. Belles épreuves.

184 — **Jones** (d'après S.-J.-E.). Stage-Coach, par Hunt, en couleur. Belle épreuve.

185 — **Pollard** (d'après J.). Chances of the Steeple chase. Suite de huit pièces gravées par Rosenburg et Hunt, en couleur.

186 — **Shayer** (d'après W.-J.). Lord William, the property of Samuel Lawrence esq^r^., gravé par J.-R. Mackrell, en couleur.

187 — **Turner** (d'après F.-C.). Grand stand. Goodwood, Adine, Winning the Goodwood stakes, 1853, — Start for the Derby, — Coming-in for the Derby. Trois pièces en couleur, gravées par Ch. Hunt.

CHAUFOURIER (d'après J.)

188 — Veue d'une partie de la ville de Paris, depuis le Carrefour St-Germain-l'Auxerrois jusqu'à l'hôtel de Conty, gravé par Duperons. Très belle épreuve.

CHEVALLIER (d'après)

189 — Le Diable à quatre, — Le Peintre amoureux de son modèle. Deux pièces faisant pendants, gravées par J.-B. Michel. Très belles épreuves. Rares.

CHODOWIECKI (D.)

190 — Cabinet d'un peintre. Belle épreuve.

191 — Le Grand Frédéric au milieu de son état-major. Belle épreuve, sans marge.

192 — Vignettes, portraits, etc. Deux cents pièces de l'œuvre de cet artiste. Très belles épreuves.

CHOFFARD (P.-P.)

193 — Fleuron de titre pour : Histoire de la mesure du temps par les horloges, de Ferdinand Berthoud, 1802. Deux épreuves tirées hors texte.

COCHIN (C.-N.)

194 — Cérémonie du mariage de Louis Dauphin de France avec Marie-Thérèse infante d'Espagne, 1745, — Décoration du bal paré, donné par le Roy, le 24 février 1745, à l'occasion du même mariage. Deux pièces. Très belles et anciennes épreuves.

195 — Dessin de l'illumination et du feu d'artifice, donné à Mgr le Dauphin à Meudon, le 3 septembre 1735. Très belle épreuve.

196 — Angélique venant trouver Maugis d'Aigremont, d'après Dumont le Romain. Très rare épreuve à l'état d'eau-forte.

197 — La Charmante catin, — Le Chanteur de cantiques. Deux pièces faisant pendants, gravées par Madeleine Cochin. Belles épreuves.

198 — Frontispice de l'Encyclopédie, par B.-L. Prevost. Très rare épreuve avant la lettre, à l'état d'eau-forte.

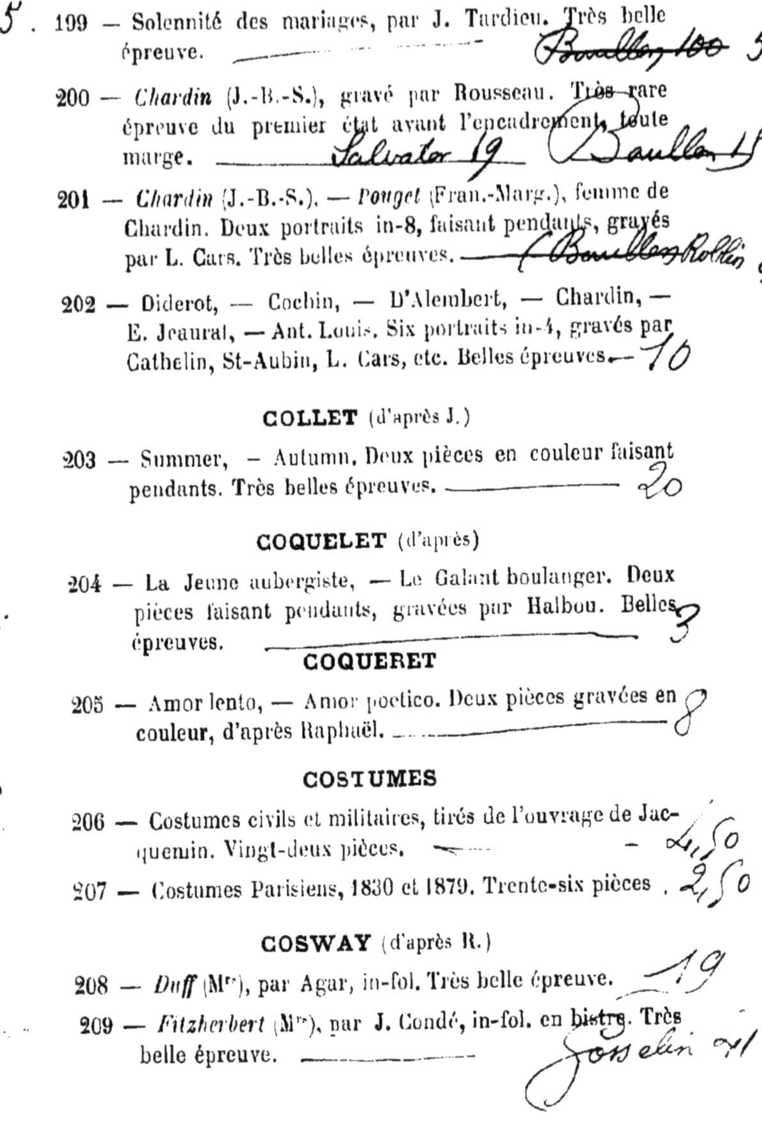

COCHIN (C.-N.)

199 — Solennité des mariages, par J. Tardieu. Très belle épreuve.

200 — *Chardin* (J.-B.-S.), gravé par Rousseau. Très rare épreuve du premier état avant l'encadrement, toute marge.

201 — *Chardin* (J.-B.-S.). — *Pouget* (Fran.-Marg.), femme de Chardin. Deux portraits in-8, faisant pendants, gravés par L. Cars. Très belles épreuves.

202 — Diderot, — Cochin, — D'Alembert, — Chardin, — E. Jeaurat, — Ant. Louis. Six portraits in-4, gravés par Cathelin, St-Aubin, L. Cars, etc. Belles épreuves.

COLLET (d'après J.)

203 — Summer, — Autumn. Deux pièces en couleur faisant pendants. Très belles épreuves.

COQUELET (d'après)

204 — La Jeune aubergiste, — Le Galant boulanger. Deux pièces faisant pendants, gravées par Halbou. Belles épreuves.

COQUERET

205 — Amor lento, — Amor poetico. Deux pièces gravées en couleur, d'après Raphaël.

COSTUMES

206 — Costumes civils et militaires, tirés de l'ouvrage de Jacquemin. Vingt-deux pièces.

207 — Costumes Parisiens, 1830 et 1879. Trente-six pièces.

COSWAY (d'après R.)

208 — *Duff* (M^{rs}), par Agar, in-fol. Très belle épreuve.

209 — *Fitzherbert* (M^{rs}), par J. Condé, in-fol. en bistre. Très belle épreuve.

COUCHÉ FILS

210 — Vue de Paris, prise du bas de Passy. A Paris, chez Bance, in-fol. en largeur. Rare.

COURVOISIER (d'après)

211 — Vues de Paris, gravées par Blanchard, Dubois, Fortier, Gautier, etc. Trente-quatre pièces. Très belles épreuves.

COYPEL (d'après Ch.)

212 — George Dandin. Acte 3e, sc. dernière, par Surugue. Très belle épreuve, marge.

COYPEL ET COURTIN (d'après)

213 — *L'air grave que je fais paraître*, — L'Amour médecin. Deux pièces gravées par Lépicié et C. Mathey. Belles épreuves,

COYPEL, LECLERC ET VAN LOO (d'après)

214 — *Ce dépit n'est point redoutable*, — *Vainement une beauté fière*, — Le Joueur de musette, — La Vielleuse, — *Pourquoi charmante Iris*, — *Soit d'un époux, soit d'un amant*. Six pièces par divers graveurs. Belles épreuves.

CRANACH (LUCAS)

215 — La Pénitence de Chrisostome (B. 1). Belle épreuve.

CREPY (à Paris, chez)

216 — Le Départ de la chasse, — Le Retour de la chasse. Deux pièces faisant pendants. Très belles épreuves.

CRUIKSHANK

217 — Ancient Music. Grande pièce en couleur, publiée en 1787. Très belle épreuve. Rare.

218 — Rehearsing a Cotillon, d'après J. Nixon, 1792. Grande pièce en largeur, coloriée. Très belle épreuve. Rare.

CRUIKSHANK

219 — The Ladies register office for tall footmen. Grande pièce en largeur, en couleur, publiée en 1792. Très belle épreuve. Rare.

220 — The Rage or Shepherds I have lost my waist. Pièce coloriée.

221 — The fall of phaeton, 1788, en couleur.

DAMAME-DESMARTRAIS

222 — Vue de l'île de la Cité. Très belle épreuve imprimée en bleu.

DANDRÉ-BARDON et BENARD (d'après)

223 — La Naissance, — L'Enfance, — La Nourrice qui ramène l'enfant. Quatre pièces gravées par Balechou et Duflos. Belles épreuves.

DAULLÉ (J.)

224 — *Maupertuis* (Pierre-Louis-Moreau de), d'après Tournière, in-fol. Très belle épreuve.

DEBUCOURT (P.-L.)

225 — La Femme et le Mari, ou les Époux à la mode, 1803. Très belle épreuve, toute marge.

226 — L'Incendie. Très belle épreuve en couleur.

227 — Réception de Mme la duchesse de Berry, par Sa Majesté Louis XVIII et la famille royale à Fontainebleau, le 15 juin 1816, d'après C. Vernet, en couleur. Rare.

228 — Siècle de Louis XV; une Soirée chez Mme Geoffrin, en 1755, d'après Lemonnier. Très belle épreuve.

229 — Route de Poste, — Route de Naples. Deux pièces, d'après C. Vernet, en couleur. Belles épreuves.

DEBUCOURT (P.-L.)

230 — Famille écossaise, d'après C. Vernet, en couleur. Très belle épreuve, marge.

231 — Sortie d'un officier d'hussard français, d'après C. Vernet. Belle épreuve.

DEBUCOURT (attribué à)

232 — Le Départ pour la garde, — Le Retour de la garde, — L'Etrenne du bonnet. Trois pièces en couleur. Très belles épreuves, marges.

DELAMONCE

233 — Henriette-Marie Adelaïde de Bavière, in-fol. Belle épreuve.

DEMARTEAU

234 — Le Paysan de Gandelu, d'après Cochin, à la sanguine. Très belle épreuve, marge.

DENON

235 — Deux Jeunes femmes représentées à mi-corps, causant, d'après Novelli. Belle épreuve.

DESCAMPS (d'après)

236 — La Pupille, — Le Négociant. Deux pièces gravées par Le Mire et Le Bas. Belles épreuves.

DESFOSSÉS (d'après M.)

237 — La Reine annonçant à Mme de Bellegarde, des juges et la liberté de son mari, gravé par J. Duclos. Superbe épreuve avant la lettre. Rare.

DESNOYERS (Aug.-B.)

238 — Napoléon le Grand en grand costume, d'après Gérard. Belle épreuve sur chine.

DESRAIS (d'après C.-L.)

239 — Le Poisson des jeunes filles, par Blanchard, en couleur. Très belle épreuve.

240 — Le Pressant serment, in-4, en bistre. Belle épreuve.

241 — Le Double engagement. Très belle épreuve, grande marge.

DESHAYES (d'après L.)

242 — L'Esclave heureux, par Hemery. Très belle épreuve avant la lettre, grande marge.

DICKINSON

243 — *Frédéric Auguste*, roi de Saxe, d'après F. Gérard, in-fol., en pied. Belle épreuve, sans marge.

DIVERS

244 — Recueil d'eaux-fortes italiennes et hollandaises, par E. Quellinus, S. Cantarini, Castiglione, Cl. Lorrain, C. Dujardin, Potter, D. Maas, Both, Van de Velde, C. Maratte, Berghem, Biscaïno, H. van Swanewelt, Waterloo, C. Du Sart, Naiwinck, etc. Vingt-quatre pièces en 1 vol. in-fol., cartonné. Belles épreuves.

245 — Recueil d'estampes par Porporati, Cunego, Longhi, Toschi, Volpato, Carmona, L. Surugue, Van Schuppen, W. Sharp, F. Poilly, Bartoli, J. Daullé. Douze pièces en 1 vol. in-fol., cart. Très belles épreuves.

246 — Recueil d'estampes anciennes, par Natalis, G. Ghisi, B. Franco, Matham, Ph. Sericus, C. Cort, C. Bloemaert, J. Bonasone, F. Villamena, Ecole de Fontainebleau, C. Visscher, G. Sadeler, L. Kilian. Seize pièces en 1 vol. in-fol., cart.

247 — Le Billet doux, — Le Teste à teste, — Vues de Monceaux. — Les Moissonneuses, — Ornements, etc. Douze pièces.

DIVERS

248 — Séance de l'arrestation du député Manuel. Le Sergent de la Garde nationale, Mercier refuse d'obéir à l'ordre donné par le marquis de Foucault. Lithographie en largeur. — Salvator 2.

249 — Prise de Missolonghi, — Fédération générale des Français au Champ-de-Mars, le 14 juillet 1790, par Helman, d'après Monnet, — Autre pièce sur le même sujet, publiée chez Chereau. Deux épreuves. Quatre pièces. — 5,50

250 — Intérieur de la Chambre des députés, 1818, — Les Journaux, — Les Théâtres, 1815. Quatre pièces coloriées.

251 — Merveilleuses parisiennes sous le Directoire, — Garde à pied du Roi, Officiers, Gardes, Tambour-major, Musicien. Trois pièces coloriées.

Damoiseau 5,50

252 — Caricatures et costumes militaires. Treize pièces. — Gosselin 12.

253 — Collection de portraits acteurs et actrices anglais, 1800 à 1820. Environ cent vingt-cinq pièces. — Binke 43

254 — Ornements tirés de divers livres d'architecture, reproduction de faïences de Bernard Palissy, etc. Soixante pièces. — Mangin 6

255 — Buste de Voltaire au milieu de figures allégoriques, d'après Moreau, — Fêtes publiques. Trois pièces. — Damoiseau 4

256 — Sous ce numéro, il sera vendu un portefeuille d'estampes diverses.

257 — Sous ce numéro, il sera vendu deux portefeuilles d'estampes anciennes des diverses écoles, portraits, etc.

258 — Sous ce numéro, il sera vendu environ cinq cents estampes anciennes des XVIIe et XVIIIe siècles.

Retardés.

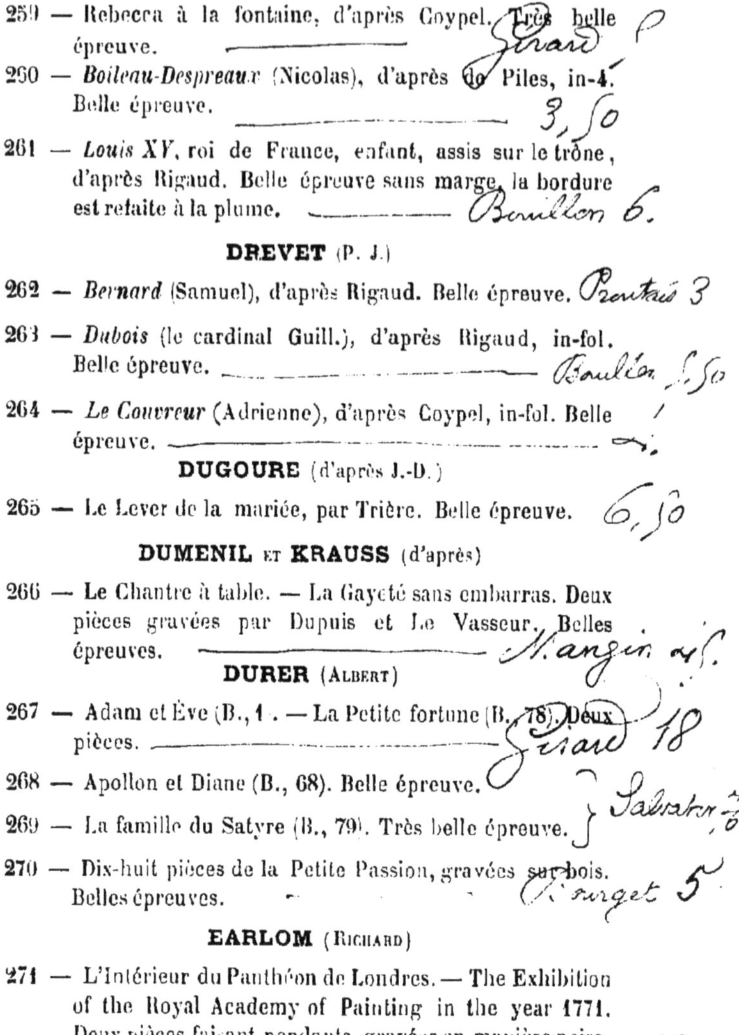

DREVET (P.)

259 — Rebecca à la fontaine, d'après Coypel. Très belle épreuve.

260 — *Boileau-Despreaux* (Nicolas), d'après de Piles, in-4. Belle épreuve.

261 — *Louis XV*, roi de France, enfant, assis sur le trône, d'après Rigaud. Belle épreuve sans marge, la bordure est refaite à la plume.

DREVET (P. J.)

262 — *Bernard* (Samuel), d'après Rigaud. Belle épreuve.

263 — *Dubois* (le cardinal Guill.), d'après Rigaud, in-fol. Belle épreuve.

264 — *Le Couvreur* (Adrienne), d'après Coypel, in-fol. Belle épreuve.

DUGOURE (d'après J.-D.)

265 — Le Lever de la mariée, par Trière. Belle épreuve.

DUMENIL ET **KRAUSS** (d'après)

266 — Le Chantre à table. — La Gayeté sans embarras. Deux pièces gravées par Dupuis et Le Vasseur. Belles épreuves.

DURER (ALBERT)

267 — Adam et Ève (B., 1). — La Petite fortune (B., 78). Deux pièces.

268 — Apollon et Diane (B., 68). Belle épreuve.

269 — La famille du Satyre (B., 79). Très belle épreuve.

270 — Dix-huit pièces de la Petite Passion, gravées sur bois. Belles épreuves.

EARLOM (RICHARD)

271 — L'Intérieur du Panthéon de Londres. — The Exhibition of the Royal Academy of Painting in the year 1771. Deux pièces faisant pendants, gravées en manière noire, d'après Brandoin. Très belles épreuves.

ÉCOLE FRANÇAISE XVIIIe SIÈCLE

271 — *Artois* (Charles-Philippe de France, comte d'), in-fol. en pied. Très belle épreuve. Rare.

273 — Entourage d'un portrait de la famille royale. Epreuve d'essai avant toute lettre.

274 — Carte pour société des arts. Jolie pièce gravée à l'eau-forte. Epreuve avant la lettre. Rare.

ÉCOLE ALLEMANDE

275 — Cinq pièces par Aldegrever, Pencz, etc. Belles épreuves.

EDELINCK (GÉRARD)

276 — *Rigaud* Hyacinthe), d'après lui-même, in-fol. Belle épreuve.

277 — *Poisson* (R.), comédien, d'après J. Netscher (R. D., 299). Très belle épreuve avec marge.

EISEN (d'après F.)

278 — L'Amour en ribote. — Les Dragons de Vénus. Deux pièces faisant pendants, gravées par Halbou. Belles épreuves.

279 — Amusement de la jeunesse. — L'Attente du moment. — Le Plaisir malin. Quatre pièces gravées par Dupuis, Carmona et Halbou. Belles épreuves.

280 — Le Beau commissaire. — La Jolie Charlatane. Deux pièces faisant pendants, gravées par Halbou. Très belles épreuves.

281 — Déguisements enfantins. — La Malice enfantine. — L'Amour européen, d'après Ch. Eisen. Trois pièces gravées par N. Dupuis et Basan. Belles épreuves.

282 — La folie du siècle. — L'Ingratitude. — L'Appât trompeur. — Le Lunetier. Quatre pièces gravées par Mme Dupuis, Halbou, Schwab et Dupuis. Belles épreuves.

EIEEN (d'après F.)

283 — La Marchande de plaisirs. — La Marchande de chansons. Deux pièces faisant pendants, gravées par Cor. Très belles épreuves, marges. —— 37

284 — L'Optique. — L'Espièglerie. Deux pièces faisant pendants, gravées par B. L. Henriquez. Très belles épreuves, marges. —— Prentaiò 10

EISEN (Ch.)

285 — Amours sur des nuages. Dessin à la sanguine. Roblin 1.

EISEN (d'après Ch.)

286 — L'Accord de mariage. Le Bouquet. Deux pièces faisant pendants, gravées par R. Gaillard. Très belles épreuves. —— Mangin 11.

287 — L'Amour européen, par F. Basan. Très belle épreuve. 23.

288 — Concert méchanique. Epreuve avec le lustre. — La Belle nourrice. Deux pièces gravées par De Longueil. Belles épreuves. —— 10

289 — Le Jour, par Patas. Belle épreuve. —— Meyer 36

290 — Le Tric-Trac. — La Comète. Deux pièces faisant pendants, gravées par Le Bas. Très belles épreuves. Bouillon 15

291 — La Vertu sous la garde de la Fidélité. — Les Désirs satisfaits. Deux pièces faisant pendants, gravées par Le Beau et Patas. Très belles épreuves. —— Roblin 29

292 — Frontispice de livre avec portraits russes, gravé par De Longueil, in-8°. Belle épreuve, toute marge. 7

EISEN, LE BARBIER ET LE PRINCE (d'après)

293 — L'Amour de la gloire. — Le Tric-Trac. — Couronnement de La Fontaine par Esope aux Champs-Elysées. Trois pièces gravées par Née, Le Bas et Macret. Belles épreuves. —— 11.

FESSARD

294 — Dorat, en buste, entouré d'amours et d'une Muse, d'après Hoin, in-4°. Très belle épreuve, grande marge.

PICQUET (Ét.)

295 — *Regnard* (J.-Fr.), d'après Rigaud (F., 122). Superbe épreuve avant les noms des artistes, marges.

296 — *Rousseau* (J.-J.), d'après de la Tour (F., 132). Superbe épreuve avant les noms des artistes, marge.

FORES (à Londres, chez S.-W.)

297 — A peep into camp. Grande pièce en largeur divisée en dix compartiments en couleur, 1797.

FRAGONARD (Honoré)

298 — Le Parc (P. de B., 4). Belle épreuve d'une pièce rare, plus la copie. Deux pièces.

FRAGONARD (d'après H.)

299 — L'Amour en sentinelle, par Miger. Très belle épreuve.

300 — La Chemise enlevée, par Guersant. Superbe épreuve.

301 — Le Chiffre d'amour, par N. de Launay. Très belle épreuve.

302 — Le Contrat, par Blot. Très belle épreuve.

303 — La Coquette fixée, par Couché et Dambrun. Très belle épreuve.

304 — La Coupe enchantée, pièce pour les Contes de La Fontaine, édition in-4°. Superbe épreuve avant la lettre, toute marge.

305 — Les Hazards heureux de l'Escarpolette, par N. de Launay. Superbe épreuve.

306 — Ma chemise brûle, par A. Legrand. Très belle épreuve avant toute lettre.

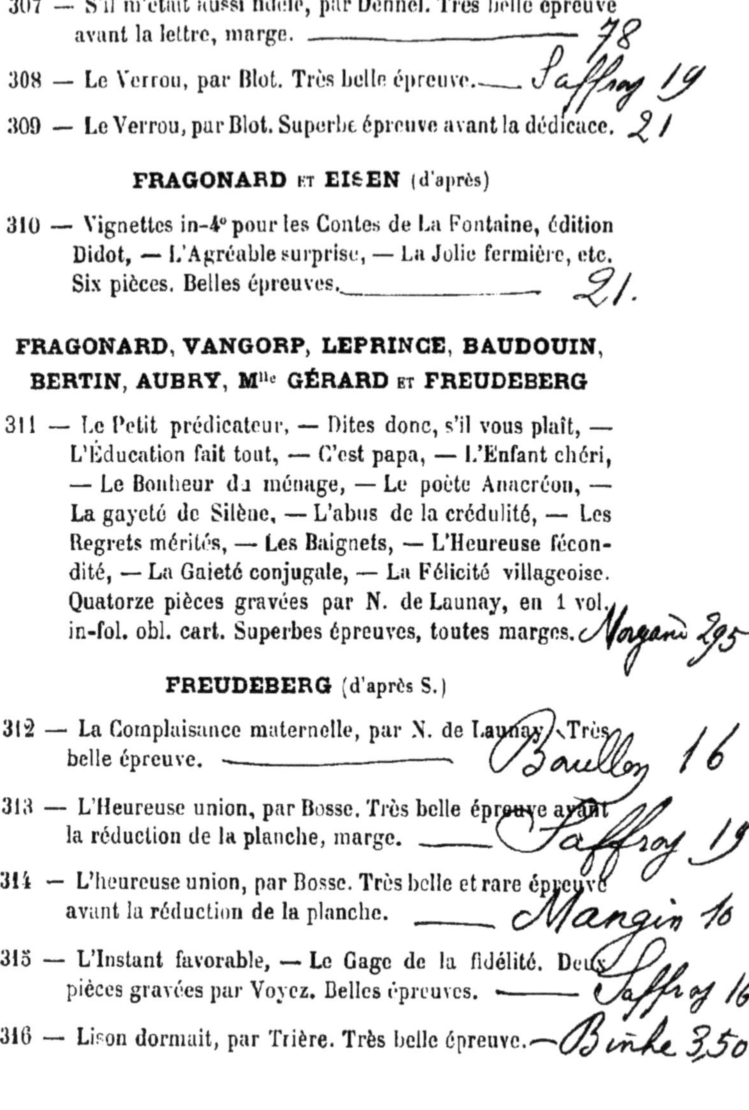

FRAGONARD (d'après H.)

307 — S'il m'était aussi fidèle, par Dennel. Très belle épreuve avant la lettre, marge.

308 — Le Verrou, par Blot. Très belle épreuve.

309 — Le Verrou, par Blot. Superbe épreuve avant la dédicace.

FRAGONARD ET EISEN (d'après)

310 — Vignettes in-4° pour les Contes de La Fontaine, édition Didot, — L'Agréable surprise, — La Jolie fermière, etc. Six pièces. Belles épreuves.

FRAGONARD, VANGORP, LEPRINCE, BAUDOUIN, BERTIN, AUBRY, Mlle GÉRARD ET FREUDEBERG

311 — Le Petit prédicateur, — Dites donc, s'il vous plaît, — L'Éducation fait tout, — C'est papa, — L'Enfant chéri, — Le Bonheur du ménage, — Le poète Anacréon, — La gayeté de Silène, — L'abus de la crédulité, — Les Regrets mérités, — Les Baignets, — L'Heureuse fécondité, — La Gaieté conjugale, — La Félicité villageoise. Quatorze pièces gravées par N. de Launay, en 1 vol. in-fol. obl. cart. Superbes épreuves, toutes marges.

FREUDEBERG (d'après S.)

312 — La Complaisance maternelle, par N. de Launay. Très belle épreuve.

313 — L'Heureuse union, par Bosse. Très belle épreuve avant la réduction de la planche, marge.

314 — L'heureuse union, par Bosse. Très belle et rare épreuve avant la réduction de la planche.

315 — L'Instant favorable, — Le Gage de la fidélité. Deux pièces gravées par Voyez. Belles épreuves.

316 — Lison dormait, par Trière. Très belle épreuve.

FREUDEBERG (d'après S.)

317 — Les Mœurs du temps, par Ingouf. Très belle et rare épreuve avant la réduction de la planche.

318 — Le Petit jour, par N. de Launay. Très belle épreuve.

319 — La Surprise, — La Matinée, — Le Galant chirurgien. Trois pièces. Belles épreuves.

320 — Petite famille suisse, par Duncker et Eichler. Très belle épreuve.

321 — Le Coucher, par Duclos et Bosse. Très belle épreuve, marge.

322 — L'Evénement au bal, par Duclos et Ingouf. Très belle épreuve, marge.

323 — La Soirée d'hyver, par Ingouf junior. Très belle épreuve, marge.

324 — La Promenade du soir, par Ingouf. Très belle épreuve, marge.

325 — La Soirée d'hiver, par Ingouf junior, 1774. Superbe épreuve avant le numéro.

326 — Les Confidences, par C.-L. Lingée. Très belle épreuve, marge.

327 — Le Boudoir, par P. Malœuvre. Très belle épreuve, marge.

328 — La Promenade du matin, par Lingée. Très belle épreuve avant le numéro.

329 — La Visite inattendue, par Voyez l'aîné. Très belle épreuve, marge.

330 — L'Occupation, par Lingée. Très belle épreuve, marge.

331 — Le Bain, par A. Romanet. Très belle épreuve, marge.

332 — Le Lever, par A. Romanet. Très belle épreuve, marge.

FREUDEBERG (d'après S.)

333 — La Toilette, par Voyez l'aîné. Très belle épreuve, marge.

334 — La Leçon de clavecin, — La Leçon de guitare. Deux charmantes compositions des plus intéressantes comme costumes et intérieurs, faisant pendants, en couleur. Superbes épreuves, grandes marges.

FRITZSCH

335 — *His* (Pierre), négociant à Hambourg et agent de Sa Majesté le Roy de Danemark. In-fol. Très belle épreuve. Rare.

GALLE (C.)

336 — *Coutereels* (N. de). In-8. Belle épreuve.

GÉRARD (d'après Mlle)

337 — Les Regrets mérités, par De Launay. Très belle épreuve.

GÉRICAULT

338 — Quatre hommes portant un bateau. Dessin à la plume et lavis de bistre.

GILLRAY

339 — The offering to liberty. Grande pièce en couleur en forme de frise. Très belle épreuve.

340 — Progress of the toilet. The Stays, — Progress of the toilet. Dress completed. Deux pièces en couleur.

341 — Summer amusement, or a scene near Margate. Pièce coloriée. Rare.

342 — The Bum shop 1785. Pièce en couleur.

GLOCKENTON (ALBERT)

343 — La Passion de Jésus-Christ, suite de douze estampes (B. 2-13). Très belles épreuves.

GRAVELOT (d'après H.)

344 — Le Concert, par Saint-Non. Superbe et rare épreuve avant toute lettre.

GREUZE (d'après J.-B.)

345 — La Brodeuse au tambour endormie, par Henriquez. Superbe et rare épreuve avant toute lettre, tablette blanche.

346 — La Cruche cassée, par J. Massard. Très belle épreuve, signée au verso : Greuze et Massard.

347 — La Laitière, par J.-C. Le Vasseur. Très belle épreuve marge.

348 — Le Malheur imprévu, par R. de Launay. Très rare épreuve avant toute lettre, à l'état d'eau-forte.

349 — La Mère en courroux, — Le Repentir. Deux pièces faisant pendants gravées par Moitte. Très belles épreuves.

350 — La Musique, — La Poésie. Deux pièces faisant pendants, gravées par F.-A. Moitte. Très belles épreuves, marges.

351 — Les Œufs cassés, — La Servante congédiée, etc. Trois pièces gravées par Moitte et Beauvarlet.

352 — La Paresseuse, — La Lessiveuse. Deux pièces gravées par Moitte et Danzel. Belles épreuves.

353 — Les Premières leçons de l'amour, par Voyez l'aîné. Très belle épreuve.

354 — *Wille* (Jean George), par J.-G. Muller. In-4. Très belle épreuve.

355 — L'Œuvre de J.-B. Greuze en quatre-vingt-dix pièces, dont l'Enfant gâté, — La Savonneuse, — La Petite fille au chien, Le Malheur imprévu, — La Vertu chancelante, — La Dame bienfaisante, — Le Fils puni, avant la lettre, — Le Donneur de sérénade, — L'Accordée de

GREUZE (d'après J.-B.)

village, — La Mère bien-aimée, — La Cruche cassée, — La Malédiction paternelle, avant la lettre, — Diane, — Calisto, — Divers habillements suivant le costume d'Italie, etc., etc. 1 vol. in-fol., demi-rel. mar. brun, dos et coins.

GREUZE, SCHENAU ET CARMONTELLE (d'après)

356 — Le Ramoneur, — Genoise, — L'Ecureuil content, — La Malheureuse famille Calas. Cinq pièces gravées par Voyez, Moitte, Gaillard et Delafosse.

GRIMOU ET VILLEBOIS (d'après)

357 — Jeune homme coiffé d'un bonnet à plumes, — Le Jeune élève. Deux pièces gravées par Marie L.-A. Boizot et La Rue. Très belles épreuves.

GUASPRE-POUSSIN

358 — Son Œuvre gravé en cinquante pièces. Paysages par divers graveurs. 1 vol. in-fol. cuir.

GUCHT (à Londres, chez Vander)

359 — Départ de la milice bourgeoise pour Versailles, le 5 octobre 1789. Grande pièce en largeur, coloriée.

GUYOT

360 — Billet de visite. Deux sujets en couleur sur une même feuille. Très belle épreuve. Rare.

361 — Aux Mânes de J.-J. Rousseau. Pièce in-4, en couleur. Très belle épreuve, marge.

HANCOCK (d'après C.)

362 — Bloomsbury, Winner of the Derby stakes at Epsom 1839, gravé par E. Duncan, en couleur. Très belle épreuve.

HEILHMANN (d'après)

363 — Le Bon exemple, — Mlle sa Sœur. Deux pièces faisant pendants, gravées par Chevillet. Superbes épreuves, grandes marges.

HERRING (d'après J.-F.)

364 — Doncaster great Saint-Leger, 1839, par Charles Hunt, en couleur.

365 — Saint-Gilles. The Winner of the Derby stakes at Epsom, 1832, en couleur. Très belle épreuve.

HOGENBERG (F.)

366 — Marie d'Autriche, fille de l'Empereur Charles V, — Anna d'Autriche, fille de Philippe II. Deux portraits in-fol. en pied. Tres belles épreuves.

367 — *Philippe II*, roi d'Espagne. In-fol. en pied. Très belle épreuve. Rare.

368 — *Philippe II*, roi d'Espagne. In-fol Très belle épreuve.

369 — *Marie*, reine de Bohême. — *Sébastien*, roi de Portugal, — Ferdinand, empereur. Quatre portraits in-4. Très belles épreuves.

HOLKINGS (d'après)

370 — The triumph of sentiment, en couleur.

HOPPNER ET HOSTER (d'après)

371 — *Nelson* (Lord), amiral, — *Chatham* (John Earl of). Deux portraits gravés par Meyer et Keating.

HOUBRAKEN, PASSE ET VISSCHER

372 — Portraits de personnages hollandais. Douze pièces. Belles épreuves.

INCROYABLES

373 — Ah ! qu'il est donc drôle ! hai ! dis donc, ma lorgnette te fait peur, — Hélas ! de vous à moi, tel est la différence !!! C'est incroyable. Deux pièces. Très belles épreuves, toutes marges.

374 — Beaucoup vous critiquent, mais peu vous imitent, — Point de Convention, — La Folie du jour. Trois pièces gravées par Marchand et Tresca. Belles épreuves.

375 — Faites la paix, par Levilly, — La Pièce curieuse, par Darcis. Deux pièces. Très belles épreuves, toutes marges.

376 — La Rencontre des incroyables, par Ruotte, — La Danse incroyable. Deux pièces. Belles épreuves.

JACQUEMART (J.)

377 — The Metropolitan Museum of art New-York. A Series of Etchings by Jules Jacquemart, 1871. Dix pièces et un titre en épreuves, avant la lettre. Dans la couverture de publication.

JANINET (F.)

378 — Vue intérieure de Paris, prise du bas du parapet, vers le Pont-Royal, d'après de Machy. Grand in-fol. en largeur, en couleur. Superbe épreuve avant toute lettre.

379 — Les Lutteurs sur les remparts de Berne, le lundi de Pâques, d'après Wacher fils. Très belle épreuve.

JAZET

380 — Course de traîneaux à Krasnoë Kabak, d'après Sauerweid, en couleur. Superbe épreuve avant la lettre, toute marge.

381 — La même estampe. Superbe épreuve avant toute lettre toute marge.

JEAURAT (d'après Et.)

382 — L'Accouchée, — La Relevée. Deux pièces gravées par Lépicié. Belles épreuves.

383 — L'Amour petit maître, — L'Amour coquet. Deux pièces gravées par Jeaurat frère. Très belles épreuves.

384 — La Belle rêveuse, — Les Caresses réciproques, — Le Jeune symphoniste, — La Petite jalouse. Quatre pièces gravées par Gaillard, Jardinier, Sornique. Très belles épreuves, marges.

385 — Le Berger constant, — Le Garçon jardinier. Deux pièces faisant pendants, gravées par Nicolas Dufour Très belles épreuves.

386 — Les Citrons de Javotte, par C. Levasseur. Très belle épreuve, marge.

387 — La Coiffeuse, — La Couturière, — La Servante congédiée, — Le Fiacre. Quatre pièces gravées par Balechou et Pasquier. Belles épreuves.

388 — Déménagement d'un peintre, — Enlèvement de police. Deux pièces faisant pendants, gravées par Cl. Duflos Belles épreuves.

389 — La Dévote, — La Sçavante, — L'Econome, — La Coquette. Suite de quatre pièces gravées par Michel Aubert. Belles épreuves.

390 — L'Exemple des mères, par Lucas. Très belle épreuve, toute marge.

391 — Le Feu, — L'Eau, — La Terre, — L'Air — Suite de quatre pièces gravées par Elizabeth Marlié Lépicié. Très belles épreuves.

392 — La Jeunesse, — La Vieillesse. — Deux pièces gravées par Lépicié. Très belles épreuves.

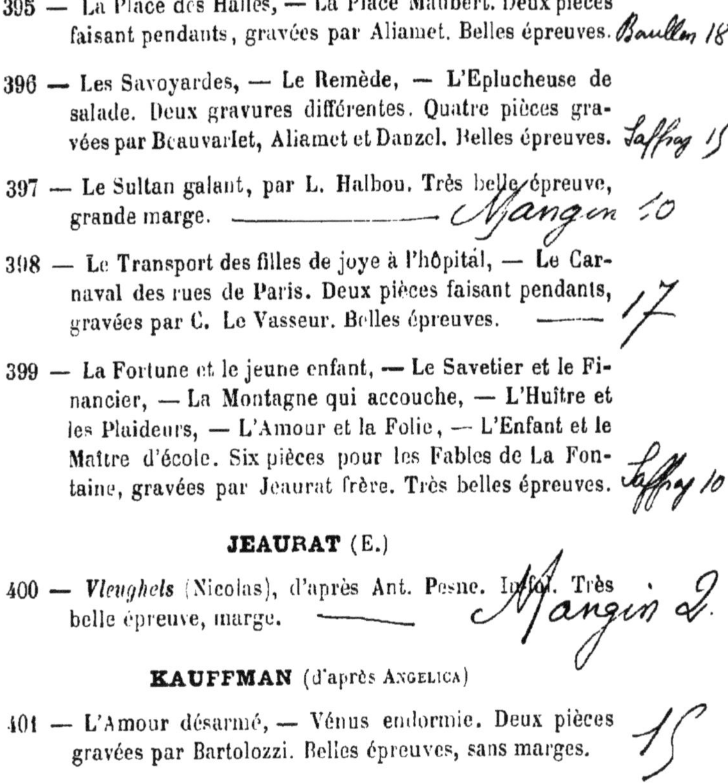

JEAURAT (d'après Ét.)

393 — Le Joli dormir, par Mme Tardieu. Très belle épreuve, avec marge.

394 — L'Opérateur Barri, — Le Mari jaloux. Deux pièces faisant pendants, gravées par Balechou. Belles épreuves.

395 — La Place des Halles, — La Place Maubert. Deux pièces faisant pendants, gravées par Aliamet. Belles épreuves.

396 — Les Savoyardes, — Le Remède, — L'Eplucheuse de salade. Deux gravures différentes. Quatre pièces gravées par Beauvarlet, Aliamet et Danzel. Belles épreuves.

397 — Le Sultan galant, par L. Halbou. Très belle épreuve, grande marge.

398 — Le Transport des filles de joye à l'hôpital, — Le Carnaval des rues de Paris. Deux pièces faisant pendants, gravées par C. Le Vasseur. Belles épreuves.

399 — La Fortune et le jeune enfant, — Le Savetier et le Financier, — La Montagne qui accouche, — L'Huître et les Plaideurs, — L'Amour et la Folie, — L'Enfant et le Maître d'école. Six pièces pour les Fables de La Fontaine, gravées par Jeaurat frère. Très belles épreuves.

JEAURAT (E.)

400 — *Vleughels* (Nicolas), d'après Ant. Pesne. In-fol. Très belle épreuve, marge.

KAUFFMAN (d'après Angelica)

401 — L'Amour désarmé, — Vénus endormie. Deux pièces gravées par Bartolozzi. Belles épreuves, sans marges.

KAUFFMAN (Angelica)

402 — Jeune femme appuyée sur un livre, in-fol. Belle épreuve, marge.

KELLERTALLER (Daniel)

403 — Diane et Actéon, — Cérès et Bacchus. Deux pièces, gravure au maillet, 1610. Très belles épreuves. Rares.

KRUG (L.)

404 — La Nativité (B., 1), — L'Adoration des Rois (B., 2), — Les deux femmes nues (B., 11). Cinq pièces, dont deux doubles.

405 — Saint Sébastien (pièce non décrite par Bartsch, Pass. 13). Belle épreuve.

LA GARDETTE

406 — Vue de la Bibliothèque du Panthéon, dans la ci-devant abbaye de Sainte-Geneviève. Deux pièces, dont une avant la lettre.

LANCRET (d'après N.)

407 — Le Glorieux, — Le Philosophe marié. Deux pièces faisant pendants, gravées par C. et N. Dupuis. Très belles épreuves.

408 — Le Jeu de Colin-Maillard, par C.-N. Cochin. Très belle épreuve, sans marge.

409 — A femme avare, galant escroc, — Le Gascon puni. Deux pièces gravées par de Larmessin. Belles épreuves avant l'adresse de Buldet.

410 — Les Oyes de frère Philippe, — Nicaise. Deux pièces gravées par de Larmessin. Belles épreuves avant l'adresse de Buldet.

411 — Les Oyes de frère Philippe, par de Larmessin. Belle épreuve avant l'adresse de Buldet.

LANCRET et PATERRE (d'après)

412 — Les Amours du bocage, — A femme avare, galant escroc, — L'Amour et le Badinage. Trois pièces gravées par de Larmessin et Fillœul. Belles épreuves

LANTÉ

413 — Costume de la haute classe. Suite de quatorze pièces en couleur, dont treize avant la lettre. Très belles épreuves. Rares.

DE LARMESSIN (N.)

414 — Louis, Dauphin de France, d'après Tocqué, in-fol. en pied. Très belle épreuve.

LAUTENSACK (Hans Sebald)

415 — Vue d'une petite ville (B., 41), — Paysage, où l'on remarque au milieu du devant un chariot chargé d'échalas (B., 53). Deux pièces. Belles épreuves.

LAVREINCE (d'après N.)

416 — L'Assemblée au concert. — L'Assemblée au salon. Deux pièces faisant pendants, gravées par F. Dequevauviller (E. B., 5 et 6). Très belles épreuves.

417 — Le Billet doux, — Qu'en dit l'abbé. Deux pièces faisant pendants, gravées par N. de Launay (10 et 51). Très belles épreuves.

418 — Les mêmes estampes. Belles épreuves.

419 — Le Concert agréable, par C. N. Varin (13). Très belle épreuve.

420 — La Consolation de l'absence, par N. de Launay (14). Très belle épreuve.

421 — Le Coucher des ouvrières en modes, — Le Lever des ouvrières en modes. Deux pièces faisant pendants, gravées par F. Dequevauviller. Belles épreuves.

422 — Le Déjeuner anglais, — La Leçon interrompue. Deux pièces faisant pendants, gravées par Vidal (17 et 35). Superbes épreuves, avec marges.

LAVREINCE (d'après N.)

423 — Les mêmes estampes. Très belles épreuves des secondes planches.

424 — Le Directeur des toilettes, par Voyez l'aîné (21). Très belle épreuve, sans marge.

425 — Ecole de danse, par F. Dequevauviller (22). Très belle épreuve.

426 — Ecole de danse, par F. Dequevauviller (22). Belle épreuve.

427 — Henri *Gahn*, docteur suédois, gravé par A. V. Berndes (E. B., 25). Très belle épreuve. Rare.

428 — L'Heureux moment, par N. de Launay (28). Très belle épreuve.

429 — L'Innocence en danger, par Caquet (31). Très belle épreuve.

430 — La Marchande à la toilette, par Vidal (37). Superbe et rare épreuve avant la dédicace.

431 — La même estampe. Très belle épreuve.

432 — Le Mercure de France, par Guttenberg (38). Belle épreuve.

433 — Les Offres séduisantes, par Delignon (43). Très belle épreuve.

434 — La Partie de musique, par V. Langlois (46). Très belle épreuve.

435 — Le Repentir tardif, par Le Vilain (52). Très belle épreuve.

436 — Le Roman dangereux, par Helman (56). Superbe épreuve avec marge. Rare.

437 — La Sentinelle en défaut, par Darcis, en couleur. Très belle épreuve, encadrée.

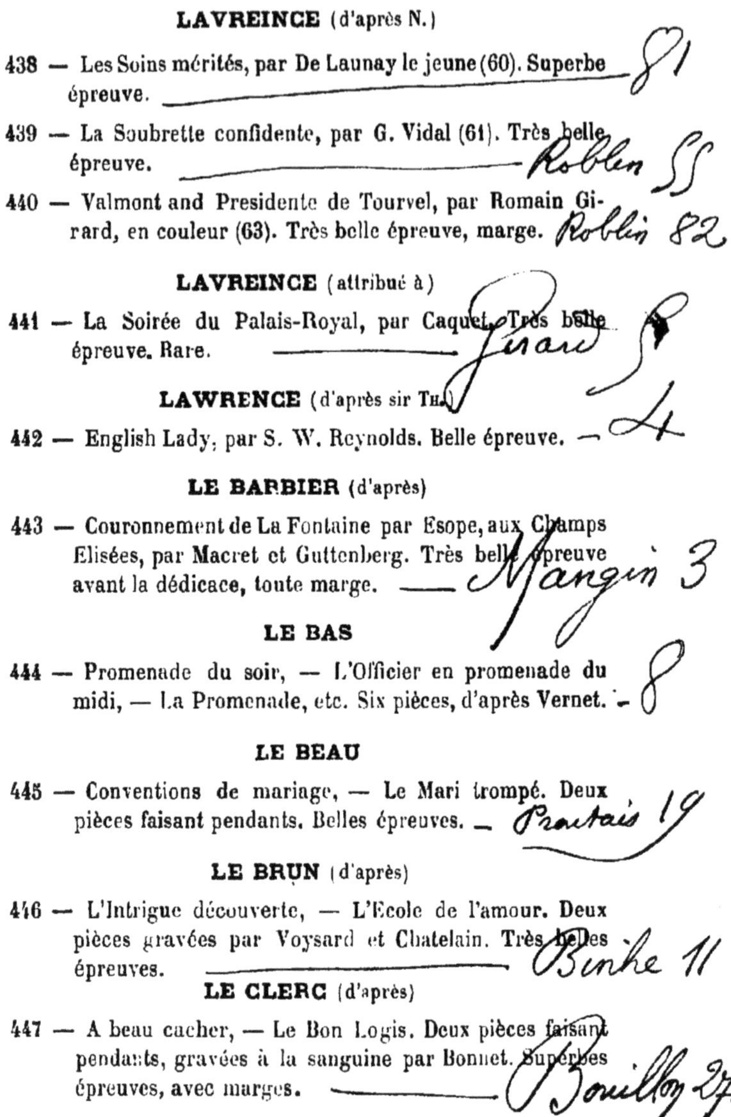

LAVREINCE (d'après N.)

438 — Les Soins mérités, par De Launay le jeune (60). Superbe épreuve.

439 — La Soubrette confidente, par G. Vidal (61). Très belle épreuve.

440 — Valmont and Presidente de Tourvel, par Romain Girard, en couleur (63). Très belle épreuve, marge.

LAVREINCE (attribué à)

441 — La Soirée du Palais-Royal, par Caquet. Très belle épreuve. Rare.

LAWRENCE (d'après sir Th.)

442 — English Lady, par S. W. Reynolds. Belle épreuve.

LE BARBIER (d'après)

443 — Couronnement de La Fontaine par Esope, aux Champs Elisées, par Macret et Guttenberg. Très belle épreuve avant la dédicace, toute marge.

LE BAS

444 — Promenade du soir, — L'Officier en promenade du midi, — La Promenade, etc. Six pièces, d'après Vernet.

LE BEAU

445 — Conventions de mariage, — Le Mari trompé. Deux pièces faisant pendants. Belles épreuves.

LE BRUN (d'après)

446 — L'Intrigue découverte, — L'Ecole de l'amour. Deux pièces gravées par Voysard et Chatelain. Très belles épreuves.

LE CLERC (d'après)

447 — A beau cacher, — Le Bon Logis. Deux pièces faisant pendants, gravées à la sanguine par Bonnet. Superbes épreuves, avec marges.

LE CLERC, MARTINET ET MOITTE

448 — L'Heureux Esclave, — L'Equilibre perdu, — La Danse champêtre, — Le Bouquet déchiré. Quatre pièces.

LE CŒUR

449 — La Vieillesse d'Annette et Lubin, d'après Swebach-Desfontaines, en couleur. Très belle épreuve.

450 — Serment fédératif du 14 juillet 1790, d'après Swebach, en couleur. Très belle épreuve avant la lettre. Le titre en lettres tracées.

LE FEBVRE (d'après)

451 — La Nouvelle Heloyse, par Hubert. Très belle épreuve marge.

LE GRAND (AUGUSTIN)

452 — Le Bat, — La Jument du compère Pierre, — Le Rossignol, — La Servante justifiée, — L'Hermite, ou le frère Luce, — Le Villageois qui cherche son veau. Six pièces in-fol. en largeur, pour les Contes de La Fontaine. Très belles épreuves, avec marges.

LEMPEREUR

453 — L'Attente du plaisir, d'après Carrache. Très belle épreuve.

LE NOIR (à Paris, chez)

454 — Alarme générale des habitants de Gonesse, occasionnée par la chute du ballon de M. Montgolfier (1783). Très belle épreuve.

LE PEINTRE (d'après)

455 — La Cage symbolique, par Fessard. Superbe épreuve avant la dédicace, marge.

LÉPICIÉ

456 — *Dufresne* (Catherine de Seine, épouse du Sr), d'après Aved. In-fol. Très belle épreuve.

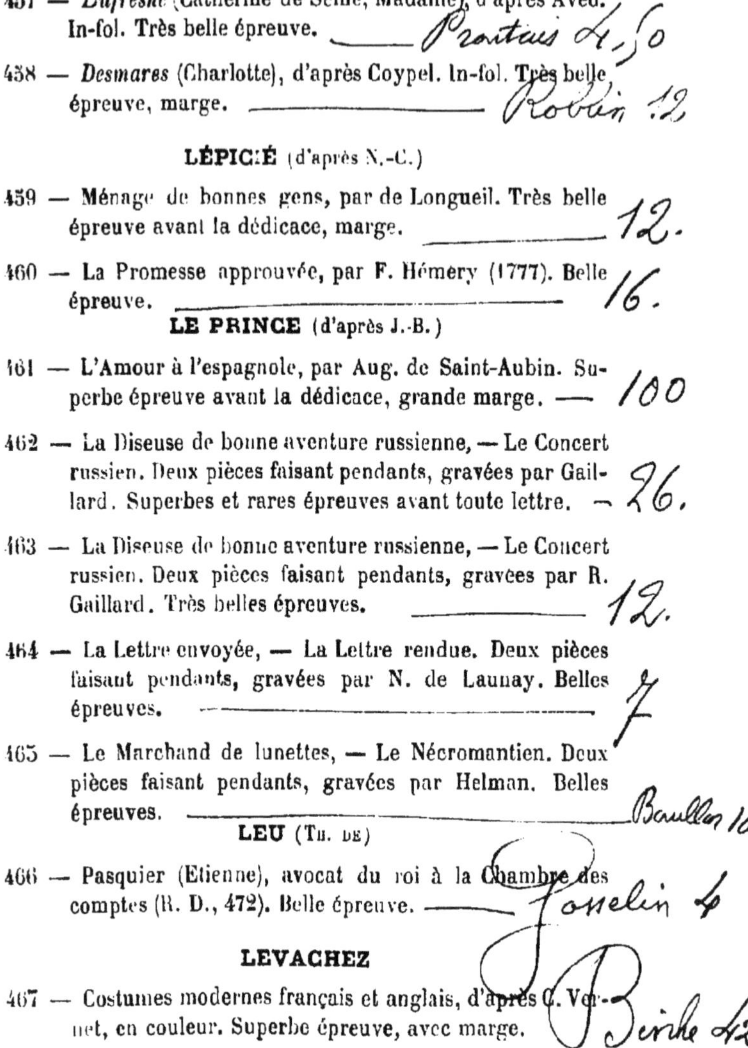

LÉPICIÉ

457 — *Dufresne* (Catherine de Seine, Madame), d'après Aved. In-fol. Très belle épreuve.

458 — *Desmares* (Charlotte), d'après Coypel. In-fol. Très belle épreuve, marge.

LÉPICIÉ (d'après N.-C.)

459 — Ménage de bonnes gens, par de Longueil. Très belle épreuve avant la dédicace, marge.

460 — La Promesse approuvée, par F. Hémery (1777). Belle épreuve.

LE PRINCE (d'après J.-B.)

461 — L'Amour à l'espagnole, par Aug. de Saint-Aubin. Superbe épreuve avant la dédicace, grande marge.

462 — La Diseuse de bonne aventure russienne, — Le Concert russien. Deux pièces faisant pendants, gravées par Gaillard. Superbes et rares épreuves avant toute lettre.

463 — La Diseuse de bonne aventure russienne, — Le Concert russien. Deux pièces faisant pendants, gravées par R. Gaillard. Très belles épreuves.

464 — La Lettre envoyée, — La Lettre rendue. Deux pièces faisant pendants, gravées par N. de Launay. Belles épreuves.

465 — Le Marchand de lunettes, — Le Nécromantien. Deux pièces faisant pendants, gravées par Helman. Belles épreuves.

LEU (Th. de)

466 — Pasquier (Etienne), avocat du roi à la Chambre des comptes (R. D., 472). Belle épreuve.

LEVACHEZ

467 — Costumes modernes français et anglais, d'après C. Vernet, en couleur. Superbe épreuve, avec marge.

LEYDE (Lucas de)

468 — La Passion de Jésus-Christ. Suite de neuf estampes de forme ronde (B., 57-65). Belles épreuves.

469 — Le Couronnement d'épines (B., 62). Belle épreuve, sans la bordure.

LIVENS (J.)

470 — Buste d'homme (B., 29). Belle épreuve.

LOMBARD (P.)

471 — Les Comtes et Comtesses, d'après Van Dyck. Suite de douze pièces in-fol. Très belles épreuves, marge.

DE MACHY (d'après)

472 — Vue du Port Saint-Paul, prise au bas du parapet. — Vue de la porte Saint-Bernard, prise venant de l'hôpital. — Première vue de Paris, prise du Pont-Royal. Trois pièces gravées en couleur par Descourtis et Janinet.

MALLET (d'après)

473 — Julie ou le premier baiser de l'amour, par Copia. Très belle épreuve.

474 — La même estampe. Très belle épreuve, sans marge.

MARLET

475 — Tableaux de Paris. Huit pièces coloriées.

MARTINI (P.-A.)

476 — Coup d'œil exact de l'arrangement des peintures au Salon du Louvre en 1785. — Exposition au Salon du Louvre en 1787. Deux pièces faisant pendants. Très belles épreuves.

477 — Les mêmes estampes. Très belles épreuves, sans marges.

MASQUELIER (L.-J.)

478 — *La Borde* (J. B. de), de profil, dans une lyre, avec fond de paysage, d'après Denon, pour le premier volume des Chansons. In-8°. Superbe épreuve. Rare.

479 — Frontispice du tome IV des Chansons, d'après Le Barbier. In-8°. Très belle épreuve.

MASSARD (à Paris, chez)

480 — L'Amour châtié par sa mère, d'après E. L. S. Très belle épreuve. Cette pièce fait pendant à la Chemise enlevée, de Fragonard.

MASSON (Ant.)

481 — *Brisacier* (Guillaume de), secrétaire des commandements de la reine, d'après Mignard. In-fol. Très belle épreuve.

MECKEN (Israel de)

482 — La Prise de Jésus-Christ (B., 11). Belle épreuve.

MEISSONIER (d'après E.)

483 — Le Liseur près de la fenêtre, par E. Gervais. Épreuve sur chine.

MERCIER (d'après)

484 — La Belle dormeuse, par Avril. Belle épreuve.

METZU (d'après G.)

485 — La Hollandaise à son clavecin. — Le Déjeuné de la Hollandaise. Deux pièces faisant pendants, gravées par Marie-Louise Boizot. Très belles épreuves, marges.

MONGIN (d'après)

486 — Vue de l'entrée du Grand Trianon. — Vue de la grande serre du Jardin des Plantes, à Paris. — Vue du Labyrinthe ou belvédère du Jardin des Plantes. — Vue prise dans le jardin des monuments français. — Vue du

MONGIN (d'après)

palais et d'une partie du jardin du Luxembourg. — Vue du pont qui conduit à la tour du Gouverneur, dans le jardin de Mousseaux. Six pièces en couleur, gravées par Allais et Chapuis. Très belles épreuves.

MONSALDY ?

487 — Fête de la Fédération au Champ de Mars. In-fol. en largeur. Très rare épreuve d'une pièce n'ayant pas été terminée. Le ciel est dessiné à l'encre de Chine ainsi que quelques autres parties de l'estampe.

MONSIAU (d'après)

488 — Vignettes in-4° pour illustration des œuvres de Rousseau. Trois pièces. Très belles épreuves avant la lettre, marge.

MORACE (E.)

489 — *Nelson*. In-fol. en pied. Belle épreuve, toute marge.

MOREAU (J.-M.)

490 — Le Bal masqué. — Le Festin royal. Deux pièces faisant pendants. Très belles et anciennes épreuves.

MOREAU (d'après J.-M.)

491 — Suite d'estampes pour servir à l'histoire des mœurs et du costume en France au XVIIIe siècle. Vingt-quatre pièces par divers graveurs. Très belles épreuves.

492 — Les Dernières paroles de J.-J. Rousseau. — Arrivée de J.-J. Rousseau aux Champs-Élysées. Deux pièces faisant pendants, gravées par Guttenberg et Macret. Belles épreuves.

493 — Hommages rendus à Voltaire sur le Théâtre-Français, le 30 mars 1778, après la sixième représentation d'*Irène*, par Gaucher. Très belle épreuve.

MOREAU (d'après J.-M.)

494 — Vignettes in-4° pour illustrer les Œuvres de Rousseau. Six pièces. Belles épreuves.

495 — Huit vignettes in-4, pour illustrer l'histoire d'Héloïse et d'Abailard. Belles épreuves, dont deux sans marges.

MORLAND (d'après G.)

496 — The Moralist, par W. Nutter. Belle épreuve.

497 — La Douce attente, par Marye. Très belle épreuve.

498 — Le Nouveau-né, par W. Ward. En couleur. Très belle épreuve encadrée.

MULLER (J.)

499 — Lazare ressuscité par Jésus-Christ, d'après Blœmaert (B. 27). Très belle épreuve.

NANTEUIL (R.)

500 — *Christine*, reine de Suède. Bonne épreuve.

NANTEUIL (Célestin)

501 — Avenir. — Souvenir. Deux pièces faisant pendants. Belles épreuves.

NATTIER (d'après J.-M.)

502 — La Chasseuse aux cœurs (Mlle de Beaujolais), par B.-L. Henriquez. Très belle épreuve.

503 — La Force (Mme de Châteauroux), par Balechou. Superbe épreuve avant l'adresse de Surugue. Rare.

NEWTON (R.)

504 — A Scots concert !!! — An Irish concert after Mass !!! Deux pièces en couleur faisant pendants. Très belles épreuves.

OCTAVIEN (d'après)

505 — Le Financier. — Le Petit maître. Deux pièces faisant pendants. Très belles épreuves.

OSTADE et **PARROCEL** (d'après)

505 *bis*. — Le Cabaret flamand, par de Longueil. — Halte de gardes-suisses, par Le Bas. Deux pièces. Très belles épreuves.

PARROCEL (I.)

506 — Cavaliers. Deux pièces gravées à la sanguine.

PASSE (C. de)

507 — Isabelle-Claire-Eugénie, gouvernante des Pays-Bas. In-4. Belle épreuve, marge.

PATERRE (d'après)

508 — L'Aimable entrevue, par J. Tardieu. Très belle épreuve, grande marge.

509 — Les Aveux indiscrets, par Filloeul. Très belle épreuve.

510 — Le Baiser donné. — Le Baiser rendu. Deux pièces gravées par Filloeul. Belles épreuves.

511 — Le Baiser rendu. — Les Amants heureux. Deux pièces gravées par Filloeul. Belles épreuves.

512 — Le Cocu battu et content, par Filloeul. Très belle épreuve.

513 — Le Glouton, par Filloeul. Très belle épreuve, grande marge.

514 — L'Orchestre de village. — Marche comique. Deux pièces faisant pendants, gravées par Ravenet. Très belles épreuves, grandes marges.

515 — L'Orchestre de village. — L'Amour et le badinage. — Le Baiser rendu. Trois pièces gravées par Ravenet et Filloeul. Belles épreuves.

PATERRE (d'après)

516 — Le Plaisir de l'été. — Le Désir de plaire. Deux pièces faisant pendants, gravées par L. Surugue. Belles épreuves.

PETERS (d'après)

517 — L'Amour maternel, par Chevillet. Très belle épreuve.

518 — La Jeune dévideuse. — La Petite ouvrière rusée. Deux pièces gravées par Chevillet et François. Belles épreuves.

PIERRE (d'après J.-B.-M.)

519 — Marché aux légumes, par Pelletier. Très belle épreuve, marge.

PINEAU (d'après)

520 — Invitation envoyée par les directeurs de l'Académie de Saint-Luc. Belle épreuve.

PLOOS VAN AMSTEL

521 — Fac-simile de dessins, d'après les maîtres flamands et hollandais. Soixante-quinze pièces.

PRUD'HON (P.-P.)

522 — Une famille malheureuse. Épreuve de premier tirage.

PRUD'HON (d'après P.-P.)

523 — Phrosine et Melidor, par Roger. Superbe épreuve avant la lettre.

PUJOS (d'après)

524 — L'Egrugeoir, — La Souricière. Deux pièces faisant pendants, gravées par La Chaussée. Belles épreuves.

QUEVERDO (d'après)

525 — Les Aveux sincères ou les accords de mariage. — Le Couché de la mariée. Deux pièces faisant pendants, gravées par Martini et Patas. Très belles épreuves.

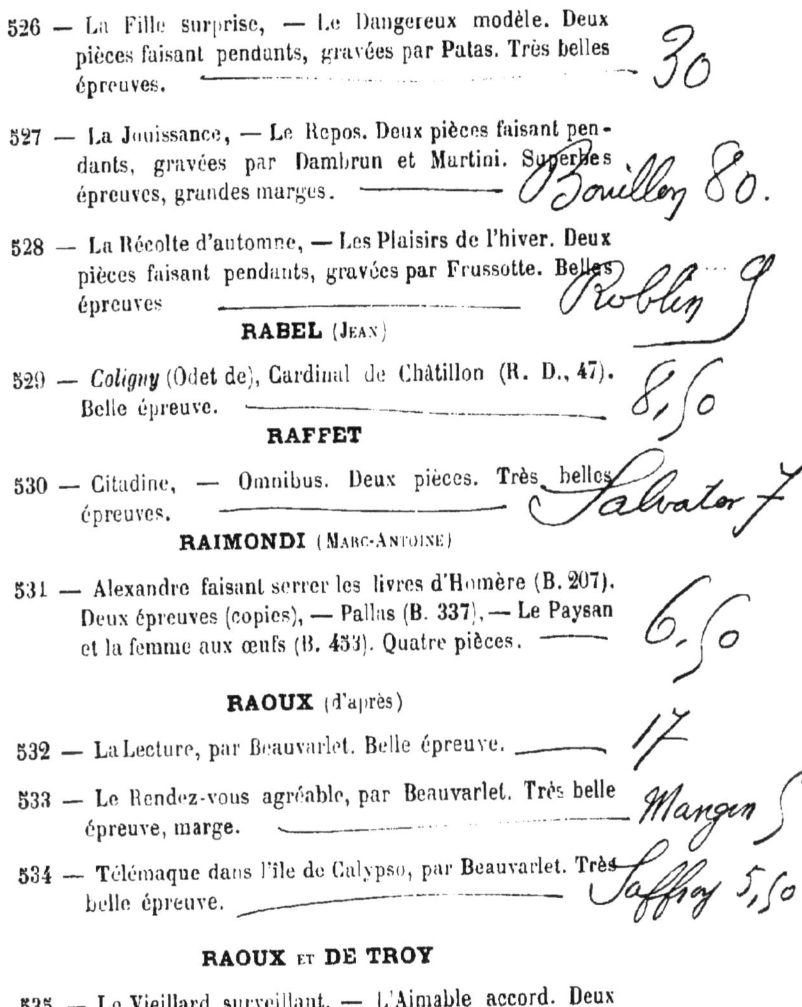

QUEVERDO (d'après)

526 — La Fille surprise, — Le Dangereux modèle. Deux pièces faisant pendants, gravées par Patas. Très belles épreuves.

527 — La Jouissance, — Le Repos. Deux pièces faisant pendants, gravées par Dambrun et Martini. Superbes épreuves, grandes marges.

528 — La Récolte d'automne, — Les Plaisirs de l'hiver. Deux pièces faisant pendants, gravées par Frussotte. Belles épreuves

RABEL (Jean)

529 — *Coligny* (Odet de), Cardinal de Châtillon (R. D., 47). Belle épreuve.

RAFFET

530 — Citadine, — Omnibus. Deux pièces. Très belles épreuves.

RAIMONDI (Marc-Antoine)

531 — Alexandre faisant serrer les livres d'Homère (B. 207). Deux épreuves (copies), — Pallas (B. 337), — Le Paysan et la femme aux œufs (B. 453). Quatre pièces.

RAOUX (d'après)

532 — La Lecture, par Beauvarlet. Belle épreuve.

533 — Le Rendez-vous agréable, par Beauvarlet. Très belle épreuve, marge.

534 — Télémaque dans l'île de Calypso, par Beauvarlet. Très belle épreuve.

RAOUX et DE TROY

535 — Le Vieillard surveillant, — L'Aimable accord. Deux pièces gravées par Voyez et El.-Cath. Le Tournay. Belles épreuves.

REMBRANDT

536 — Buste de jeune homme au bonnet orné de plumes (B. 331. — Cl. 323). Très belle épreuve d'une pièce faussement attribuée à Rembrandt.

REMBRANDT (École de)

537 — Eglise protestante (B. 17). Très belle épreuve. Rare.

538 — Kermesse avec charlatans (B. 18). Superbe épreuve. Rare.

539 — Le Tailleur de plumes (B. 28), — Vieillard à grande barbe assis (B. 38), — Buste d'homme, par Salomon Koninck (B. 72). Trois pièces. Belles épreuves.

540 — David et Goliath. Deux épreuves, — Les Moissonneurs, — Résurrection de Lazare, par Trottman, — La Madeleine en prières, par Bronkhorst. Cinq pièces. Très belles épreuves.

REMBRANDT (d'après)

541 — L'Ange disparaissant devant la famille de Tobie, par Walker. Épreuve avant la lettre, — Rembrandt's mistress, par Haid, — Rembrandt's mother, par Haid. Trois pièces. Très belles épreuves.

542 — Eaux-fortes, par et d'après Rembrandt. Dix-huit pièces.

RENI (Guido)

543 — L'Appareil pour l'entrée du pape Clément VIII à Bologne. Suite de neuf estampes (B. 24-32). Belles épreuves.

544 — Jésus-Christ mis au tombeau, d'après le Parmesan (B. 46). Très belle épreuve.

RÉVOLUTION (Pièces sur la)

545 — L'Abbé d'aujourd'hui, l'Abbé d'autrefois, — La Journée mémorable de Versailles, le lundi 5 octobre 1789, — C'est ainsi qu'on se venge des traîtres. Trois pièces, dont deux coloriées.

RÉVOLUTION (Pièces sur la)

546 — Patience, Margot, j'aurai bientôt 3 fois 8, — A Versailles, à Versailles, le 5 octobre 1789. Deux pièces coloriées. Rares.

547 — Réveil du Tiers-État, — Le Triple accord, — L'Œuf à la coque. Trois pièces coloriées. 1789.

547 *bis*. — Ci-devant duc d'Aiguillon. Passe salope, — L'effet du patriotisme et l'activité des citoyens de Paris pour l'avancement des travaux du Champ de Mars, destinés à la fête du 14 juillet 1790. Deux pièces.

548 — Départ du Roi pour Saint-Cloud, — Le Père nicieux, jacobin. Trois pièces, dont deux coloriées, 1791.

549 — Le Maître de danse brabançon, — Les Aristocrates aux Capucins, — Le Déménagement du clergé. Trois pièces coloriées. 1792.

550 — Il faut donc mourir puisqu'il n'y a plus de son, — Un sans-culotte, instrument de crimes, dansant, etc. Deux pièces, dont une coloriée, 1793.

551 — Dom Chabot député par l'Assemblée pour donner des étrennes à la nation. Jolie pièce imprimée en bistre, 1794.

552 — Défaite des Contre-révolutionnaires, commandés par le petit Condé. Pièce coloriée, 1789.

REYNOLDS (d'après sir J.)

553 — *Spencer* (The Countess), par Augustin Legrand, in-4 en couleur. Très belle épreuve.

REYNOLDS (S.-W.)

554 — La Bohémienne, d'après Taylor, en couleur. Belle épreuve.

RIBERA

555 — Saint-Jérôme (B. 3-4 et 5), — Saint Barthélemi (6), — Saint Pierre (7), — Silène (13). Sept pièces dont une double. Très belles épreuves.

RIGAUD (J.)

556 — Diverses veues de Saint-Cloud. Quatre pièces. Très belles et anciennes épreuves.

ROBETTA

557 — L'Adoration des Rois (B. 6). Belle épreuve.

RODERMONT (M.)

558 — Jacob et Esaü (B. 77. — Cl. 85). Belle épreuve.

ROMANET (A.)

559 — *Louis XVI*, d'après Duplessis, in-fol. Très belle épreuve avant la lettre.

ROTA (Martin)

560 — Le Jugement dernier, d'après Michel-Ange (B. 28). Belle épreuve.

ROWLANDSON (par et d'après)

561 — Vaux-Hall, par Pollard. Très belle épreuve imprimée en bistre.

562 — New invented elastic breeches, d'après Nixon. En couleur.

563 — Studious gluttons, par S. Alken. En couleur. Très belle épreuve.

564 — Liberality and desire, — Lust and Avarice. Deux pièces faisant pendants publiées en 1788. Très belles épreuves.

565 — The Attack, — The Pursuit. Deux pièces en couleur faisants pendants, publiées en 1791. Très belle épreuves avec marges.

566 — Italian affectation, real characters, en couleur. Très belle épreuve. Rare.

ROWLANDSON et WOORDWARD

567 — Titre d'une suite de bordures grotesques, en couleur. Très belle épreuve. Rare.

RUBENS (d'après)

568 — Le Jardin d'amour, — Le Festin espagnol, d'après Palamèdes. Deux pièces faisant pendants, gravées par Lempereur. Très belles épreuves.

569 — La Suite des petits pasyages gravés par S. Bolswert. Vingt et une pièces en 1 vol. in-fol. demi-rel. mar. rouge, dos et coins.

570 — Chasse à l'ours, par W. Leuw. Belle épreuve.

SAINT-AUBIN (d'après Aug. de)

571 — Tableau des portraits à la mode, — La Promenade des remparts de Paris. Deux pièces faisant pendants, gravées par Courtois. Superbes épreuves.

572 — La Savonneuse, — La Jardinière. Deux pièces faisant pendants, gravées par Julien et Morret. Très belles épreuves en couleur, sans marges.

573 — Le Bal paré, — Le Concert. Deux pièces faisant pendants, gravées par Duclos. Épreuves sur japon, des reproductions modernes.

SAINT-AUBIN (Aug. de)

574 — *Renouard* (la famille) (E. B., 235). Superbe épreuve du deuxième état, sur chine.

575 — La même estampe. Superbe épreuve du troisième état, sur chine.

SAINT-QUENTIN (d'après)

576 — Les Garants de la félicité publique, par Née et Masquelier. Superbe épreuve avant la lettre.

577 — La même estampe, avec la lettre. Superbe épreuve, toute marge.

SANDERS (J.)

578 — William Crotch of Norwich, in-fol. Très belle épreuve. marge.

DU SART (Corneille)

579 — Fête flamande. Très belle épreuve avant les travaux à la roulette.

580 — La même estampe. Belle épreuve.

SAUERWEID

581 — Vue de Paris prise de la route de Meudon. Grande pièce en largeur, coloriée. Très belle épreuve.

SCHALL (d'après F.)

582 — Le Panier renversé, par Beisson, en couleur. Belle épreuve encadrée.

583 — Le Premier baiser de l'amour, — L'Elisée. Deux pièces faisant pendants, gravées par Aug. Le Grand, en couleur. Très belles épreuves.

584 — Le Rocher de Meillerie, — Le Premier mouvement de la nature. Deux pièces faisant pendants, gravées par Aug. Le Grand. Très belles épreuves.

SCHENAU (d'après)

585 — La Crédulité sans réflexion, — Le Maitre de guitare, — La Curiosité punie, — Moletrina fallax. Quatre pièces gravées par Halbou, Duflos, Schwab. Belles épreuves.

586 — La Cuisinière surveillante, — L'Heureux serin. Deux pièces faisant pendants, gravées par Romanet et Gaillard. Très belles épreuves.

587 — Image de la beauté, — Leçon de botanique. Deux pièces faisant pendants, gravées par Chevillet. Très belles épreuves.

588 — La Lanterne magique, par J. Ouvrier. Superbe et rare épreuve avant toute lettre.

589 — Le Petit joueur de vielle, — La Petite musicienne. Deux pièces faisant pendants, gravées par Aug. Martinet. Très belles épreuves.

SCHNEAU (d'après).

590 — Le Réveil maladroit, — L'Espérance au hazard, — Le Petit viseur, — Les Enfants jardiniers. Quatre pièces gravées par Dupuis, Angel, Martinet et B.-L. Henriquez. Belles épreuves. Saffroy 11

SCHMIDT (G.-F.)

591 — *Mignard* (Pierre), d'après Rigaud, in-fol. Belle épreuve. 18

SCHONGAUER (d'après Martin)

592 — La Nativité. Pièce en largeur, d'après un dessin de Schongauer. Belle épreuve. 20

SHARP (W.) et HALL

593 — King Charles the 2nd. Landing on the beach at Dover, — Olivier Cromwell dissolving the long parliament. Deux pièces faisant pendants, d'après Benjamin West. Très belles épreuves. Salvator 6.

SHERWIN (J.-K.)

594 — *Buckingham* (George Nugent Grenville Temple, marquis de), d'après Gainsborough, in-fol. Très belle épreuve. Godefroy 14

SMITH (d'après J.-R.)

595 — A Visit to the Grandfather, par Ward. Très belle épreuve, en couleur. Meyer 44

596 — The Moralist, par W. Nutter, 1787. Très belle épreuve, marge. Meyer 40

597 — Thoughts on Matrimony. Pièce sans nom de graveur, imprimée en bistre. Très belle épreuve. Bouillon 15

SMITH et DAYES

598 — A Visit to the Grandmother, — A visit to the Grandfather. Deux pièces faisant pendants, d'après Smith et Northcote. Très belles épreuves. 120

STOTHARD (d'après)

599 — The Landlord's family, — The Tenant's family. Deux pièces faisant pendants, gravées par C. Knight. Belles épreuves.

STRANGE et **PORPORATI**

600 — Le Jugement d'Hercule, d'après N. Poussin, — Suzanne au bain, d'après Santerre. Deux pièces. Belles épreuves.

STUBBS (d'après G.)

601 — The Lion and Horse, par R. Laurie. Très belle épreuve.

SUYDERHOEF (J.)

602 — Les Joueurs de tric-trac, d'après Ostade. Très belle épreuve.

TAUNAY (d'après)

603 — La Noce de village, par Descourtis. Superbe et rare épreuve avant toute lettre, en couleur.

604 — Noce de village, — Foire de village. Deux pièces gravées en réduction, par Descourtis. Superbes épreuves, grandes marges. Rares.

TAUNAY (à Paris, chez)

605 — Représentation exacte du grand collier en brillants des sieurs Boëhmer et Bassenge, gravé d'après la grandeur des diamants. Très belle épreuve. Rare.

TERBURG (d'après G.)

606 — La Santé portée, — La Santé rendue. Deux pièces faisant pendants, gravées par Chevillet. Belles épreuves.

THEOLON (d'après)

607 — Invocation à l'amour, par C. Guttenberg. Très belle épreuve.

DE TROY (d'après)

608 — Toilette pour le bal, — Retour du bal. Deux pièces faisant pendants, gravées par Beauvarlet. Très belles épreuves de premier tirage.

609 — Dame prenant son café, par J. Chereau. Très belle épreuve.

TURNER (C.)

610 — Mr Saml Chiffney, 1807. Pièce en couleur. Superbe épreuve. Très rare.

VAN DER MEULEN (d'après)

611 — Marche du Roy accompagné de ses gardes, passant sur le Pont-Neuf et allant au Palais, gravé par Huchtenburgh. Très belle épreuve.

VANGORP (d'après)

612 — Les Douceurs de la fraternité, par Gautier. Belle épreuve.

VANLOO (d'après C.)

613 — La Confidence, — La Sultane. Deux pièces faisant pendants, gravées par J. Beauvarlet. Très belles épreuves.

VANLOO et CANOT (d'après)

614 — L'Architecture, — La Peinture, — L'Élève dessinateur, — Le Maître de danse, etc. Cinq pièces par Fessard, Le Bas et Angélique Bregeon.

VERMEULEN (C.)

615 — Constantini (Angelo), sous la figure de Mezetin, en pied, d'après F. de Troy, in-fol. Belle épreuve.

VERNET (C.)

616 — Cheval anglais au moment de la course, — Constance. Deux pièces coloriées. Belles épreuves, grandes marges.

VERNET (d'après C.)

617 — Fête de Virgile à Mantoue, le 24 vendémiaire an VI, gravé par Malbeste et Niquet. Deux épreuves, dont une avant la lettre, toutes marges.

618 — Les Ennuyés chez eux (intérieur du café Procope), par Commarieux. Belle épreuve avant la lettre, coloriée.

VICO (Eneas)

619 — Portrait de l'empereur Charles V (B., 255). Très belle épreuve.

VIEN (d'après)

620 — Offrande à Cérès, — Offrande à Vénus. Deux pièces gravées par Beauvarlet. Très belles épreuves.

VIGNETTES

621 — Recueil contenant onze cent cinquante vignettes pour illustrer les œuvres de Rousseau, Voltaire et autres poètes du XVIIIe siècle, d'après Deveria, Chasselat, Moreau, Monsiau, Le Barbier, Cochin, Marillier, Prud'hon, Gravelot, Gavarni, etc. Vingt-cinq pièces de la suite in-4°, d'après Moreau, pour Rousseau, sont avant les numéros, avec belles marges, et treize de la suite in-4°, d'après Cochin et Monsiau, sont aussi avant la lettre.

VIGIÉ, SCHENAU et GRIMOU (d'après)

622 — Babichon, — Nicodème, — La Jeune pèlerine, — Le Petit pèlerin. Quatre pièces gravées par Basan, Blosse et Hemery. Belles épreuves.

VILLAIN (lithographies de)

623 — C'est bien entendu, Messieurs ! à huit mille francs l'esquisse ! (Vente des dessins de Girodet, 1825). Très belle épreuve.

VILLEBOIS (d'après)

624 — Éducation, par Marie Madelaine Igonnet. Très belle épreuve, marge.

VISSCHER (C.)

625 — Les Patineurs, d'après Ostade. Belle épreuve.

VINCENT (d'après)

606 — Ah ! s'il y voyait, par Commarieux, en couleur.

VLIET (J.-G. van)

627 — Vieille femme lisant, d'après Rembrandt (B., 18), — Les Joueurs de cartes (B., 51). Deux pièces. Très belles épreuves.

VORSTERMAN (L.)

628 — *Peiresc* (Nicolas-Fabrice de), d'après Van-Dyck. Superbe épreuve du premier état, avant le nom du graveur.

WATERLOO (Ant.)

629 — Le Chien buvant dans le ruisseau (B., 120), — Le Pont de bois sur un ruisseau (B., 124), — Alphée et Aréthuse (B., 125), — Pan et Syrinx (B., 129, — La Mort d'Adonis (B., 130). Belles épreuves avant les travaux repris au burin.

WATTEAU (d'après Ant.)

630 — L'Amour désarmé, par B. Audran. Très belle épreuve.

631 — Amusements champêtres, par B. Audran. Très belle épreuve.

632 — La Cascade, par G. Scotin. Belle épreuve.

633 — Le Chat malade, par J.-E. Liotard. Très belle épreuve.

634 — Les Charmes de la vie, par P. Aveline. Très belle épreuve.

635 — La Danse paysanne, par B. Audran. Belle épreuve.

636 — La Diseuse d'aventure, — Les Comédiens italiens, — *Heureux âge....* Trois pièces gravées par Cars, Watteau et Tardieu.

WATTEAU (d'après Ant.)

637 — Fêtes vénitiennes, par L. Cars. Belle épreuve, sans marge.

638 — Pierrot content, par E. Jeaurat. Belle épreuve.

639 — Le Plaisir pastoral, par N. Tardieu. Très belle épreuve.

640 — Promenade sur les remparts, par Aubert. Très belle épreuve.

641 — La Proposition embarrassante, par Keyl. Très belle épreuve.

642 — Retour de campagne, par N. Cochin. Très rare épreuve avant toute lettre à l'état d'eau-forte.

643 — Watteau debout dans un paysage près de Monsieur de Julienne, jouant du violoncelle, par Tardieu. Superbe épreuve, grande marge.

644 — Watteau et Monsieur de Julienne représentés dans un paysage, par Tardieu. Très belle épreuve.

WESTALL (d'après R.)

645 — Les Moissonneurs. Le Calme, — L'Orage. Deux pièces faisant pendants gravées par Meadows. Très belles épreuves.

WHEATLEY (d'après F.)

646 — The fathers admonition, par Schiavonetti, 1801. Très belle épreuve.

647 — Lindor and Clara. Deux pièces faisant pendants, gravées par R. Stanier. Belles épreuves.

648 — Elois a Meditating on St-Preux's letter. Pièce gravée en sanguine et publiée en 1791. Très belle épreuve.

WIERIX

649 — Trois bustes de saints. Epreuves avant la lettre.

WIGSTEAD (d'après H.)

650 — The Married man, par S. Alken, en couleur.

WILLE (J.-G.)

651 — Agar présentée à Abraham par Sara, d'après Dietricy. Très belle épreuve.

652 — Bons amis, d'après Ostade, — La Cuisinière hollandaise, d'après Metzu, — La Ménagère hollandaise, d'après G. Dow. Trois pièces. Belles épreuves.

653 — Le Concert de famille, d'après Schalken. Très belle épreuve.

654 — Le Concert de famille, d'après G. Schalken. Très belle épreuve.

655 — La Devideuse, mère de G. Dow — La Liseuse. Deux pièces d'après G. Dow. Belles épreuves.

656 — Instruction paternelle, d'après G. Terburg. Belle épreuve.

657 — Les Offres réciproques, d'après Dietricy. Très belle épreuve.

658 — Petite écolière, — Maîtresse d'école. Deux pièces d'après Schenau et Wille fils. Belles épreuves.

659 — Le Petit physicien, d'après Netscher, — L'Observateur distrait, d'après Mieris, — Jeune joueur d'instrument, d'après Schalken. Trois pièces. Belles épreuves.

660 — Les Soins maternels, — Les Délices maternels. Deux pièces faisant pendants, d'après Wille fils. Belles épreuves.

661 — Tricoteuse hollandaise, d'après Mieris, — Gazettière hollandaise, d'après Terburg. Deux pièces. Belles épreuves.

662 — *Louis XV*, d'après Le Moyne, in-fol. Très belle épreuve.

WILLE (J.-G.)

663 — *Marigny* (Abel-François-Poisson, marquis de), d'après Tocqué, in-fol. Très belle épreuve.

WILLE (d'après P.-A.)

664 — Concert champêtre, — Gouté champêtre. Deux pièces faisant pendants, gravées par Halm. Très belles épreuves.

665 — L'Ecrivain public, par Guttenberg. Très belle épreuve.

666 — L'Essai du corset, par Dennel. Superbe épreuve.

667 — Joueuse de cistre, par Muller. Très belle épreuve.

668 — La Mère contente, — La Mère mécontente. Deux pièces faisant pendants, gravées par P.-C. Ingouf. Très belles épreuves.

669 — La Mère indulgente, par Lempereur, — L'Heureux vieillard, par Aveline. Deux pièces. Très belles épreuves.

670 — Le Temps perdu, — Amusement du jeune âge. Deux pièces gravées par Chevillet et Halbou. Très belles épreuves.

671 — Tomones. Acte Ier, scène III, par Ingouf. Très belle épreuve.

WOODWARD (d'après)

672 — Certain payment, — Bad debts. Deux pièces en couleur. Très belles épreuves, toutes marges.

ZAGEL (MARTIN)

673 — La Décollation de Sainte Catherine (B. 8). Belle épreuve.

674 — Sainte Ursule (B. 10). Belle épreuve.

675 — Le Grand bal (B., 13). Très belle épreuve. Collection Wilson, Esdaile et Arozarena.

676 — L'Embrassement (B. 15). Bonne épreuve.

677 — Lueur et obscurité (B. 21). Belle épreuve.

ZEMECOFF

678 — *Catherine II*, impératrice de Russie, in-4°. Belle épreuve.

LIVRES

679 — **Adam** (V.). Motifs algériens. Paris, s. d. Douze planches et un titre, en 1 vol. in-fol. cart.

680 — **Adam** (Victor). Combat du taureau. Douze sujets dessinés d'après nature. Paris, Bulla et Aumont, s. d. 1 vol. in-fol. obl. cart.

681 — **Adam** (V.). L'Hippodrome au coin du feu. Paris, Aubert, s. d. Seize planches et un titre, en 1 vol. in-fol. obl. cart. fig. en couleur.

682 — **Alken's** Characteristic Sketches of Hunting with caricatures of Middlesex sporting. Suite de douze pièces, en 1 vol. in-4 broché.

683 — **Bacler-d'Albe**. Promenades pittoresques et lithographiques dans Paris et ses environs, par le général Bacler-d'Albe. 1822. Quarante-huit planches, en 1 vol. in-fol. obl. cart.

684 — **Brongniart**. Description méthodique du musée céramique de la manufacture royale de porcelaine de Sèvres, par MM. Brongniart et Riocreux. Paris, 1842. Deux volumes, in-4, demi-rel. mar. r., dos et coins.

685 — **Callot** (J.). La Petite passion, — La Grande passion. Quarante-quatre pièces, originaux et copies, en 1 vol. in-4 obl., demi-rel.

686 — **Callot** (J.). Les Grandes misères de la guerre (M. 564-581), — Les Petites misères de la guerre (M. 557-563). Superbes épreuves, la première suite est du deuxième état, avec les vers, 1 vol. in-8, obl. cart.

LIVRES

687 — **Callot** (J.). Capricci di varie figure di Jacopo Callot. Trente planches, en 1 vol. in-8 obl. broché.

688 — **Catalogue** de tableaux modernes, aquarelles, pastels, dessins, composant la collection Coquelin. 1893. 1 vol. grand in-4 illustré.

689 — **Catalogue** de tableaux anciens, provenant du domaine de Chipstead, et de la collection de feu M. Perkins. 1893. 1 vol. gr. in-4 illustré.

690 — **Catalogue** des tableaux, études peintes, aquarelles et dessins, composant l'atelier Meissonnier. 1893. 1 vol. grand in-4 illustré.

691 — **Catalogue** des tableaux, études peintes, aquarelles et dessins composant l'atelier Meissonnier. 1893. 1 vol. grand in-4 illustré.

692 — **Catalogues.** Sous ce numéro, il sera vendu un fort lot de catalogues de tableaux, dessins et livres.

693 — **Chatillon** (C.). Vues des principales villes de France. Cinquante-six pièces, en très belles épreuves.

694 — **De Fer** (N.). Histoire des Rois de France, depuis Pharamond jusqu'à notre auguste monarque Louis XV. Paris, 1722. 1 vol. in-4, veau.

695 — **Delaune** (Etienne). Emblêmes moraux. Suite de vingt estampes, dont nous n'avons que les dix-huit premières (R. D., 205-224). Elles sont accompagnées des quatre feuilles de texte intitulées : *Octonaires sur la vanité et inconstance du monde*. Strasbourg, 1580. Ce petit livre, in-8 obl., nous paraît complet, le dernier octonaire portant la lettre S, qui est celle de la planche S, n° 18. Très rare.

696 — **Duplessis-Bertaux.** Recueil de petits sujets. Sept suites de douze planches chacune. Ensemble quatre-vingt-quatre pièces à l'eau-forte, en un album in-4 obl., demi-reliure.

LIVRES

697 — **Janinet et Chapuis.** Vues des plus beaux édifices publics et particuliers de la ville de Paris, dessinées par Durand, Garbizza et Toussaint, et gravées par Janinet, Chapuis, etc. Frontispice et quatre-vingt-huit vues, 1 vol. in-4 obl., vel. Superbes et anciennes épreuves. Mathias 84.

697 *bis* — **Laborde** (le Cte Alex. de). Les Monuments de la France, classés chronologiquement, et considérés sous le rapport des faits historiques et de l'étude des arts. Paris, 1816-1836. Vingt-huit livraisons, nos 1 à 29, manque le no 23. En tout cent soixante-sept planches avec texte, dans les couvertures de publication. Damoiseau 31

698 — **Marlet.** Nouveaux tableaux de Paris. Les dix livraisons, avec couvertures, en 1 vol. in-fol. obl., demi-rel. mar. br., dos et coins. 150

699 — **Recueil** des monuments de Suède, connu sous le nom de : Succia antiqua et hodierna. Deux cent-soixante-quinze planches, en 1 vol. in-fol. obl., veau. 14

700 — **Les Rois de France,** notices tirées des galeries historiques de Versailles. Paris, Gavard, s. d. 1 vol. in-8 cart. 2.

GÉRICAULT

Très Précieux Album, CONTENANT SOIXANTE-QUATRE FEUILLES CROQUIS PAR GÉRICAULT, LA PLUPART DESSINÉES AU RECTO ET AU VERSO. ÉTUDES POUR SES TABLEAUX ET LITHOGRAPHIES.

Album donné par Géricault lui-même à feu Richesse et mis pour la première fois aux enchères à la mort de ce collectionneur (1857). — 2.900.

Imprimerie D. Dumoulin et Cie, à Paris.

RED. :

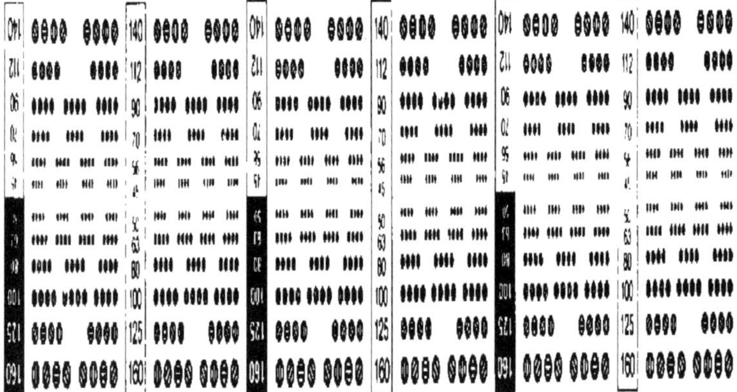

MIRE ISO N° 1
NF Z 43-007
AFNOR
Cedex 7 - 92080 PARIS-LA-DÉFENSE

graphicom
379.89.70

www.ingramcontent.com/pod-product-compliance
Ingram Content Group UK Ltd.
Pitfield, Milton Keynes, MK11 3LW, UK
UKHW020950180726
13838UKWH00003B/1241

9 782329 304991